赵州说："至道无难，唯嫌拣择。"读林清平的书，如果有一天你廓尔忘言，觉得自己就是一朵花、一座桥，可自由开放，也能载人过车，不在意观众，甚至没留心自己背负了什么，只是自在地过好每一刻，心就真正亮起来了！

——著名诗人、学者、文化批评家叶匡政

林清平是一位勤勉的作家，几乎每天清早都会发出一段晨语，或借景抒情，或状物写人，或以诗言志。他在文坛上"躬耕陇亩"的身影，常让我想起帕乌斯托夫斯基笔下那位执著的约翰·沙梅。作为手饰作坊的清扫工，约翰·沙梅每天都细心地从尘土中筛选"金粉的微粒"，累月经年，终于用这些金粉铸成了一朵美丽的金蔷薇，献给自己的女友苏珊娜。林清平所秉承的正是这样一种"约翰·沙梅精神"。几年前，他把自己关于文学、艺术、人生的断想和思絮集成了《禅思微箴言》等；现在，又把《晨语——让心亮起来》奉献于读者的面前。这真是应了中国的一句老话"聚沙成塔，积腋成裘"。热烈祝贺清平，也愿他有更多更好的作品面世。

——著名作家、编剧、导演、制片人韩志君

我喜欢看林清平的《晨语——让心亮起来》，这本书的文字读起来有味道、有嚼头，值得玩味、值得复读。读着这样的文字，总是感觉略显躁动的心田浸入一股平抚舒静的小溪，有时会感觉这种文字之缘远胜见面之谈。

——著名旅日社评作家、《日本新华侨报》总编辑、《人民日报》海外版之日文版主编蒋丰

《晨语——让心亮起来》是一部旭日朝霞的合集，是一部上善和爱的收藏，更是中外文学史上的一个难以克隆的奇观，值得读者拥有。林清平用他的妙笔写下了许多不同的早晨，通过正能量激励了无数世人，引领他们向善向上，有助于实现并提升每个人的人生价值，是一部不可不读之书！

——著名诗人、书画家、世界文化总会主席范光陵

林清平◎著

CHEN YU
RANGXIN LIANGQILAI

晨语

——让心亮起来

安徽师范大学出版社

·芜湖·

责任编辑:郭行洲
装帧设计:北京中尚图文化传播有限公司

图书在版编目(CIP)数据

晨语:让心 / 林清平著.—芜湖:安徽师范大学出版社,2016.11(2017.12重印)
ISBN 978-7-5676-1760-5

Ⅰ.①晨… Ⅱ.①林… Ⅲ.①散文集 – 中国 – 当代Ⅳ.①I267

中国版本图书馆CIP数据核字(2016)第278670号

晨　语

——让心亮起来

林清平　著

出版发行:安徽师范大学出版社
　　　　　芜湖市九华南路189号安徽师范大学花津校区　　邮政编码:241002
网　　址:http://www.ahnupress.com
发 行 部:0553-3883578　5910327　5910310(传真)　E-mail:asdcbsfxb@126.com
印　　刷:江苏凤凰数码印务有限公司
版　　次:2016年11月第1版
印　　次:2017年12月第3次印刷
规　　格:700 mm×1000 mm　1/16
印　　张:13.5
字　　数:184千
书　　号:ISBN 978-7-5676-1760-5
定　　价:38.00元

目录

第五部分 // 大道之行

第一部分

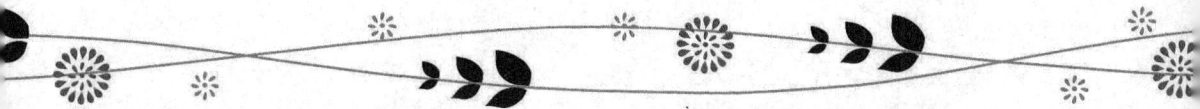

春之花语：

生命绽放，永葆初心。

初心引领，灵魂向善向上。

愿你在每一个早晨安好

年过了，春来了，这是今晨鸟语中传递的消息。或许还有一些料峭的寒意，但晨风中明显多了一份柔软，朝霞里明显增了一份热烈。我在江南池州，皖江岸边，九华山下，听春声于林木，观春涛于水上，拥朝阳以歌吟。在这个春意萌动的早晨，快乐、爽朗、清澈、激昂的我，祈愿你也一样收到了早春消息。

我面向东方，凝神静气，御风而行，一万年的等候，一瞬间的穿越，只为这一百年的人生。50年前的今天，茅草岗花开蝶飞，林家老屋门前的那条龙沟仿佛琴弦，一只兔子被某种无声的旋律引领，开始了全新的生命旅程。50年后的今日，这只兔子因为你们的祝福内心充满感恩！

年去了，春醒了。别忘了给生命加油，别忘了为灵魂播种。旭日已经启程，朝霞正在涌动，在这全新的早晨，带着我们的上善和爱，带着我们的希望和梦，带着我们的敬畏和悲悯，开始我们新的征程。让人生更加优雅，让生活充满正能量，让我们的情怀温暖人间，让我们的精神沿着正向飞翔。有微风，有细雨，有鸟鸣，有正能量，有上善和爱的温煦，这个清晨，是江南早春的样子。

窗外的绿又深了一层，百鸟的赛歌会更热烈一些，缺席多日的野鸽子选手再次加入进来，将赛歌会推入高潮。贪婪的云挤在观众席前面，挡住了旭日和朝阳的视线，好在朝阳和旭日是谦谦智者，他们深知：云总会散的，挡不住太阳的光芒。我也深知，没有旭日和朝霞，就没有早晨，也没有春天。

朝霞装扮天空，不是为了炫耀；春风温暖大地，不是为了赞美。做一片朝霞，当一缕春风，你便自然阳光了，开阔了，快乐也随之而至。面对朝霞，我获得了灿烂的力量；拥抱旭日，我充满了光明的无私。早起，让心亮起来，任正能量撑起胸廓，上善和爱，在灵魂的乾坤自由飞翔。

我拥有的，都属于你。你的灿烂，就是我的灿烂。在晨风吹拂的地方，我们同在一个琉璃的世界。早安，你若安好，我便阳光，你我从来就是一体，没有分别。

相信太阳的友好，她正一点点向我们靠近，用光为我们照亮，用热为我们驱寒。做人若像天气一样自主单纯，想笑就笑，想哭就哭，多么有幸！

还能听见清晨的鸟鸣，幸福就没有被上天打折扣，快乐的理由便满满的。若还能被春天的朝霞照拂，实际上就拥有了超量的幸福，感恩的心也要满满。此刻，旭日照我，春色伴我，快乐和感恩簇拥我，内心的上善与爱激励我。正能量冉冉升起，丰沛了我给你的问候，你也一样幸福！

野鸽子在这个早晨领唱朝歌，将春天的味道唱得越来越浓。静静地倾听，旭日的脚步声由远而近，我跳动的血脉幻成朝霞，灿烂而温煦。上善和爱萌出新芽，希望凝结成花蕾，清朗的心空之下，正能量氤氲而起。那片生生动的湖光，那片迷离的柳色，触动思想的味蕾和诗歌的琴弦。

我习惯性早起，是不想错过对鸟鸣和晨光的收藏，不想错过上善和爱的传递，还有，我不想错过生命正能量的补给。尤其是这样的春晨，鸟鸣那么生动，晨光那么清澈，旭日和朝霞那么温馨。我这只从春天出发的兔子，没有理由辜负造化这个格外的恩赐。每每以感恩的心早起，我的灵魂和智慧都得以提升。

鸟儿们将这个早晨叫得很春天，叶芽们争相探出头来，呼吸甜美的空气，花儿们已经启程，跟在朝霞和旭日的屁股后面，紧赶慢赶。同一时刻，我的西窗少有的明亮，铁树上的积雪，给春风挪出了地方，那些越过冬天的绿色更加葱茏。春天了，我该做点什么呢？不如就借这个春早，为你们先致春天的问候。

阳光灿烂，风动枝头，春意中有微寒。我祝福所有的人在这样的周日，吉祥快乐！春天来了，风会将僵硬变得柔软，何必紧盯微寒不放，为什么看不见温暖的蓓蕾？你的快乐多一点，这世界就充满快乐；你的善念多一点，这世界就不失善良。春天都来了，你心中有花开，哪里还需要用假花去装点？

春阳容易将人晒散，春风常常将人熏醉，春花娇媚，春声欲滴，却往往拨不动你懒懒的心弦。春天属于青春，我这只老兔子早过了寻芳的年纪，面对春色，是那样有心无力，又是那般的心有不甘。午后，春就在阳台上，就在我的身边，馨香闻得见，春心荡不起，千万重倦意将我深埋。爱春天，要趁早。

　　鸟儿们叫醒雾蒙蒙的早晨，雨滴在春天的枝头凝成眼眸，让那个关于兔子关于白羊的梦变得迷离。还好我收藏过无数的早晨，即使不能灵魂相悦，我的孤独也有一份淡淡的诗意。和太阳一起风餐露宿浪迹天涯，任凭春雨结成月宫的窗帘，在重天的深处，一定有你百花的家园。愿你在每一个早晨安好。

　　就一杯清茶，望西窗外的早晨，一滴两滴的鸟鸣渐渐汇成歌海，仿佛记忆里的油菜花黄，轻风越过，欢喜一浪高过一浪。一点一点长高的光，犹如恋人的呼吸吹动耳茸，痒嗖嗖地快乐。心中的旭日鸣响，谱写朝霞的曲调，上善和爱翩翩起舞。春柳幻成你的长发，在一只兔子的童心里飘来飘去，暗香四逸。

爱和上善跟早晨一起成长

50多年前的早晨，我在母亲的子宫里被朝霞唤醒，开始打点行装，义无反顾地向人世间狂奔。相信那时候的我觉得人世间无限美好，而我历经沧桑的父亲也许不这么认为。50多年后的这个早晨，我遥遥超越了父亲当时的年龄，站在此刻的晨曦中，我最想和父亲对话，可是他已经早早踏上了归程。

我一边听着晨鸟的歌唱，一边打理行装，白发的老娘已经早早站在茅草岗老屋的门口等我。心和旭日一道启程，在云层之上，朝霞依然传递给我灿烂的消息。50年前和春一起出发的那只野兔，从未忘却茅草岗茂盛的青草。母亲的味道一路相随，阳光下，我的梦总是青葱。

早晨被梦吵醒，接着又被鸟儿叫亮，我的思想冒出一棵棵芽尖，一天就这样开始了，春天又向前进了一程。这是上班第二天，两天前我这只老兔子就启程了，却没有找到那片青草，昨天也是两手空空，今天当然继续。青草无意，兔子有心，既为了生存，我就不能埋怨，哪怕分派给我的那片青草再懒惰。

春天的早晨，我行走花丛，倾听花语，人生瞬间变得开阔。旭日是天上的花朵，灵魂是生命的花朵，我们都有理由盛开。

春风画出我的西窗，阳光爬满邻家的东墙，春阳的旋律中，那些鸟儿忘情地歌唱。我从来就不是早晨的旁观者，身心不由自主地融入其中，时而和春光窃窃私语，时而与朝阳凝眸相对，上善和爱犹如花开。

或许，莫明其妙地，你就发了春愁，有一些伤感，有一些孤独，甚至有一股热泪。感觉有什么东西堵在心间，一阵一阵地令你窒息，你的无助感不断弥漫，将生命一重又一重捆捆。此刻，无论你在哪里，都会平生一种飘忽，你不知道自己该到哪里去，抬左脚不是，迈右脚也不是。春愁比秋痛更具杀伤力！

鸟语花香

春意浓得化不开，心中的情愫也浓得化不开。欣悦中总有惆怅，那些无法重拾的青春，那些残缺不全的记忆，还有那些根植心灵深处的痛楚，让你既不能面对，又无从释怀。春越深浓，人越迷离，一截又一截变短的岁月，都化作人生的长恨。想约你到春天的花树下再朗诵一次诗歌，虽然知道你不会来。

一部分人活在春天，另一部分人葬在春天。春天是快乐天使，春天也是忧郁幽灵，花开花落是春天常见的事情。活在春天的人从花开中看到希望，葬在春天的人从凋零中看见末日。我们有理由为乐春者歌唱，也有理由提醒伤春者：春来春去不过是人生的插曲，绝不是生命的挽歌，这个春天不是你的唯一。

回到早晨，鸟鸣悦耳，朝霞灿烂，心和气畅。依然要做阳光行者，一点点将爱和上善沿路播撒，犹如勤勉的老农，在春天的泥土中播撒生命，我无限禅悦。

　　我起床时，鸟儿们已经叫得特别欢了，这又是一个晴朗的日子，全世界都在无拘无束地释放着激情。朝霞灿烂如花，旭日正一点点娩出花丛，心境豁然开朗，一股沛然的春意在晨风中袅然升起。爱和上善依旧鼓满生命的风帆，从灵魂的深处出港，沿着太阳的航向。

　　心里有光热，在哪都一样看得见旭日升起；上善和爱永远是一抹朝霞，灿烂着生命的每一天。和新年一道启程，我怀揣的是一颗童心，那些旧年的尘埃，随风吹去；那些无关的辎重，全部丢弃。迈开轻盈的脚步前行，沿着光的方向。要听鸟鸣，你得比鸟儿醒得早；要看曙色，你就比旭日先起床。

　　世界过于静谧，思想难免喧嚣，而我则在车水马龙中体味内心的安宁。爱要像朝霞那样直抒胸臆，尽情泼洒；善要像旭日那样没有分别，普照人间。向早晨学习爱，上善跟早晨一起成长，你会活得淋漓酣畅，你的生命将辽阔无垠。什么鸡毛蒜皮的斤斤计较，什么得失宠辱的蝇营狗苟，仿佛阴霾那样被一扫而光，精神的天空阳光灿烂，灵魂的大地春意盎然，人生的征途鸟语花香。

　　我的记忆定格在晨曦之中，生命中朝歌嘹亮，灵魂里光明清澈，爱和善良的种子，在春天的深处萌动，信仰的旗帜高扬，希望的翅膀剪过天空。

　　带着梦的余温走进春天的晨光，迎候我的百鸟和群芳让梦贴近了真实。我不是一个烂漫的人，是春风烂漫了梦境；我也不是一个很现实的人，是朝歌现实了质感。那些心灵的羽毛已不再漂泊，生命的翅膀需要力量，涣散的精神渐渐聚拢。所有的春光都给你，我有一块青草地，以及一小片天空就足够了。

人在哪，心就在哪

我的水晶梦想，化身天南地北的春意，在枝头，在花蕊，在一切你看得见的地方。人在哪，心就在哪。我在江南的朝阳里倾听江南朝歌，那些欢快的鸟儿从田野唱到城市，从冬季唱到春天。朝晖里赶来的山魂水魄，涤荡了我的梦境，宗教般的光穿越众生的睡眠，我的心一片澄碧辉煌。不管你在北方之北，还是南方以南，都请接受晨光中上善的加持，并尽享早晨的希望与博爱。

江南早春的鸟鸣，一声声都是欲滴的绿；早春江南的晨歌，一曲曲全是晶莹的亮。你的心在曙色中氤氲开去，仿佛若水的上善，漫过生命的河床，无极的穹苍，辽阔的大地，爱的气息升腾弥漫。点缀在天地间的那些江南山水，那些绿叶与花朵，留香了步履，亮丽了翅膀，你犹如一只游春的蝴蝶。

春天印上我的西窗，晨风乱了我的心绪。一颗渐老的树，在春天的早晨变得年轻。吸一口花香，拥一怀浪漫，心中的那轮晓日依旧蓬勃，纵横八万里的豪情犹在。如果还有希望，为什么要绝望？如果还爱得动，为什么要空耗大好的时光？生命易逝春易老，何不让自己的人生中多拥有一些这样的早晨呢？

今年的春意似乎较晚年淡一些。柳条儿抽得迟，老得却快。仿佛就在按相机快门的功夫，柳芽儿就变成了老柳叶。或许春并未迟到，而是我曾经敏感的心钝了；柳叶也都还未老，而是我的心老了。岁月就是一篇相对论，少小时，她的篇幅长一些；中年后，她的篇幅总是短一些。篇幅未变，阅读的方式却在变。

窗外的春天又绿了一层，心中的曙色又亮了一层。从鸟鸣融入朝歌，从熹微走向朝霞，上善的灵魂又进了一程。早晨的春天里，我们离诸神最近，离真我最近，离一切美好最近。生命的毓秀，人生的织锦，本色而又绚烂，朴素而又铺张。喧嚣与静谧弥漫了血脉和经络，呼吸吐纳之间，祥云飞渡，紫气氤氲。

外面的阳光真好，不能错过；心中有春潮涌起，岂可独观！这样的周末没有什么事情比享受阳光、春色更重要！风摇曳春的枝头，百鸟对着花儿唱歌。我赶了一夜的路心中有些潮湿，正好就着朝阳晒一晒。当自己还不够辽阔，心中还常常被雾霾袭扰，我也会错过一些光亮，譬如夜晚的星月。庆幸每个早晨都会君临，庆幸季节里还有春天。当晨风吹散了阴郁，心灵的天穹被阳光、歌声和花香照彻，我发现上善还在。

静听早晨的鸟鸣，闲看窗外的新枝。我被热烈的春意包裹，心胸扩展到天地之间，血脉流畅，心光灿烂。如果可以，此刻我最想掬一捧清溪给你，再送你一束杏花，和你一起拥抱朝阳，吮吸晨露，然后携手踏上花香的征途。心空晴朗，朝霞灿烂，白玉兰静静地开放。晨歌如水，爱和希望一片澄碧，信仰的翅膀无声划过天际，飞向冉冉升起的旭日。

今晨有雨，我用上善和爱为你撑起一方晴空，心的太阳，灿亮朝霞，点燃鸟鸣。我收藏的那些旭日次第升起，照拂灵魂的花路，璀璨你的步履。那些雨丝，是连接天地的丝弦，云层的背后，希望和梦想悄然拔节，和花叶一道抒写春天的诗篇。因为上善和爱，我们的人生不会阴郁，这个世界也不会缺少阳光。

江南的晨曦朦胧在春雨中，散发着温馨而神秘的气息。一两声鸟鸣仿佛朝歌的起调，清澈而明亮，一种温润的气息在我的心空袅袅升腾。朝霞吻过枝头，芽尖们纷纷醒来，花朵们接踵绽放，生命的花园璀璨着无限生机。

江南的春雨好像很喜欢下在早晨，仿佛在等候一种灿烂，那些晶莹的雨丝犹如另一种形式的朝霞。晨歌穿越春雨的缝隙，旋律更加优美。那些音符跳荡在山中的茶园，原野上的田埂，城市的枝头，将生命次第唤醒。我看见了雨帘后面的那轮旭日，在众生的希望中冉冉升起，苍穹和大地之间爱的气息弥漫。

雨落在春天的早晨，仿佛眼泪洒在青春的恋爱里。有花开的味道，也有朝阳的味道。春天的早晨在雨水中更加透彻晶莹，青春的恋爱在泪光里更加生动浪漫。有些东西必须经历，有些经历必须接受，有些接受是生命成长的必需。没有下不停的雨，因为春天和早晨！

早晨，朝霞灿烂，鸟语声喧。你越过梦境，在栖居的小区里走一圈，闻闻花叶，听听露语，借清新的空气自由吐纳。然后回到西窗明亮的书房，就一杯明前的新茶，坐在电脑旁敲打工作，敲打生活，敲打思想，尽情浏览百态人生、万千世相。脑海里忽然浮起幸福这个字眼，我真的就有了一种幸福感。

活着需要梦想，仿佛朝霞之与灿烂；活着需要激情，犹如旭日之与光芒；活着需要爱与善良，一如春天之与花蕾以及叶芽。活着，就应该活在晨歌嘹亮的早晨；活着，就应该活出春天的模样。早晨是活着的理由，早晨是活着的向往。生命的早春，人生的早春，灵魂飞扬，一路释放的都是希望的正能量。

薄雾犹如浅浅的梦境，笼罩了我的春晨，璀璨的朝霞灿亮心空，欲滴的朝歌缀满灵魂的枝头，人生的另一轮旭日照常升起。我是属于早晨的那一滴露珠，渺小而博大，沉静又温润，一万年岁月的情怀，一万缕乾坤的气息，一万粒纤小的微尘，合成我奇迹般的生命。我珍惜，我感恩，我永恒地希望并热爱。

春好像才来，春又要走了；花好像才开，花就谢了。一地落英，满怀惆怅，这是诗人敏感，可惜我不是诗人，无法为任何一次凋谢掬泪。我深知，岁月不会为花开驻足，时光不会为春天停留，无论春天的花开，还是人生的绽放，都不能永恒。灿烂地开过，花儿便无需伤怀；激情地绽放过，人生就没有遗憾。

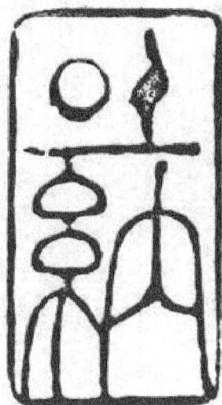

吐 纳

春天里，我与穹苍合一

早安！歌唱的鸟儿；早安！江南的山水；早安！普天下的朋友。春雨歇了，春阳醒了，春歌醉了，春心飞扬了。行走在江南的早晨，被浓得化不开的春光包裹，我生命勃发，春意盎然。是我灿烂了朝霞，还是朝霞灿烂了我？是我璀璨了旭日，还是旭日璀璨了我？春天里，我与穹苍合一，无比自信！

那些欢快的鸟儿，闹醒了春天的枝头。芽尖们争先恐后地奔跑，仿佛赶场的孩童。天轻启，朝霞灿烂了舞台，旭日和众生一起舞蹈。灵魂的歌吟，在春风的丝弦上游走，旋动生命的春潮。我在江南的某处山水之间，深情地呼吸，将信仰、希望和爱打包成问候，让阳光带走，请注意查收，我天南地北的朋友！

在晨歌的旋律中醒来，在春风的吹拂中出发。朝霞缀满我飞翔的翅膀，旭日普照我生命的穹苍。带着一颗感恩的心，追寻你梦想的足迹，我的灵魂在早晨变得丰满，我的人生因为你而生动。你是永恒的正能量，我的晨光我的希望，我的美好与善良。只要太阳还依旧升起，天空大地间就不会缺席你的旋律。

　　春天的一切都好，春天的早晨尤其迷人，哪怕春雨绵绵。春雨的早晨，心境是滋润的，但没有湿漉漉、黏糊糊的感觉，晨歌依旧那样清爽。一些芽在心中萌动，一些花在灵府盛开。即使春雨的早晨，雨丝的前面仍然不缺朝霞，生命里照样旭日璀璨。你的灿烂，你的旋律，你的气息，为你包裹。

　　早晨在我的体内萌动，春天的生长律动蓬勃。骑上激情的高头大马，在天空和大地之间自由驰骋，我仿佛君临世界的王者。谁是我的甲士，谁是我的王妃，在旭日点燃的疆域，我有万丈豪情宣泄。山的雄气，水的柔美，在这个俊朗的早晨，交织成梦想与博爱！开始了就要继续下去，停止没有理由。犹如夜晚之后的早晨，黑暗之后的天亮，黎明之后的日出。

　　晨曦微露时，我的心空就豁然灿亮起来。激情的朝霞光芒四射，温暖的旭日璀璨万紫千红。春天和灵魂一起升腾，将我的肉身充满。较之大自然的早晨，我生命里的早晨旋律更加优美，色彩更加多姿。在这样的早晨，我总会不由自主地探索着思想的边界和底线，用真善美，用信仰和希望，用永恒之爱。

　　有的人未老先衰，有的人鹤发童心。一个人是否年轻，与年龄无关，要看他的生命中是否有青春能量。心中总有一轮旭日的人，他的生命就是早晨；灵魂中总有鸟语花香，他的人生就在春天。谁是你的旭日，谁是你的春天花园，谁就是岁月的精灵，谁就是青春能量，你拥有了，你就青春万岁。

　　万千缕情思飞扬在天空大地，晨曦绷紧一根根光明的丝弦，生命的节律弹奏嘹亮的朝歌。心中的希望和爱托起一轮旭日，璀璨灵魂的河山，照亮人生的旅途。信仰的翅膀打开善良，穿越雨幕，飞翔在无极的苍穹。智慧的花园生机盎然，我手执精神的金刚长卷，在天门洞开的地方迎接春天，倾听花开的声音。

　　早起的那个人不是我，是虚空法界里的一粒种子，说好了在旭日东升的时候发芽生叶。此刻正在码字的人也不是我，是无边无际无始无终的空间和时间，灿烂的心光和朝霞原本就是一体的。我活着，只为一生一世的身心安详，这安详也是你的，你我安详，众生就安详，这个世界也一定安详。

早晨属于童真，可以借旭日回到纯粹的初心；早晨属于青春，何不借朝霞积蓄梦想的能量。为了初心常在，为了青春不老，我习惯了早起。谁的灵魂被旭日照亮，他的梦想就不缺朝霞的灿烂；谁的生命充满了青春的能量，即使在寒冷的冬季，他的人生中一样有春天的鸟语花香。

绽 放

打开窗户，贪婪呼吸凉飕飕的空气，耳朵陶醉于鸟鸣的愉悦，目光被浓浓的绿色牵引。我想高声表达内心的快乐，又怕惊破这喧嚣中的静谧。极目远眺，一只鸟恰好穿过晨光，翅膀剪出优美的线条，仿佛颤动在天穹的诗弦。早晨的风景美丽而新奇，不容错过，爱她拥抱她，我们的人生将更多彩。

这是一个热闹的早晨，雨后的清新，春天的意味，喜乐了鸟鸣，一声比一声起劲。我的情绪一样是愉悦的，旭日悬在灵府，家园一片灿烂。这些善良友爱的晨鸟分明是来捧场的，不是为我，而是为一本叫《禅心贯日月》的书。这是一本阳光之书，心灵之书，智慧之书、生活和人生之书，也是一本吉祥书。

雨歇天晴的早晨，鸟儿们叫得格外欢。春的味道渐浓，心中的花园芳香弥漫。岁月静好，时光禅悦，生命纯粹，仿若回归到无忧无虑的童稚年代。我清澈的心眸，映照旭日朝霞，洞穿前生来世。无喜无悲，没有惶恐和忧惧，一切与我相契，又一切与我无关。

　　春天是四季的扉页，早晨是一天的开篇。写好一天，就看早晨如何起笔。起笔是一抹朝霞，这一天就不缺灿烂；起笔是一轮旭日，这一天就不缺晴朗。倘若起笔是欢悦的晨歌，这一天的节奏就是欢快的。这样的一天又一天，结集成一年，就是阳光的一年；集结成一生，就是禅悦安详的一生。

　　顺境时，她是清醒；逆境时，她是冷静；坦途上，她是制动；困难中，她是引擎；成功时，她是淡定；失败时，她是韧劲。她往往让你一见倾心，灵魂震动；她常常令你顿生豪情，如沐春风。她是世间的最美，她的名字叫自信。从现在起，爱她拥抱她，带着她一起迎着朝霞出发。

正念从欢喜心里升起

　　阳光灿烂的早晨，春暖花开的日子。早起，专心听春天的鸟鸣，任旭日的光辉安静地洒在心的花园里，让当下的那份妥帖将新的一天开启。爱和上善犹如明前茶园的芽尖，弥漫山魂水魄的味道，灵魂的香气随之洋溢，一缕正念从欢喜心里升起。这一刻的妙不可言，将我灿烂成朝霞晨露，下一刻，我一心走路；再下一刻，我一心上班，如常。

　　鸟鸣愉悦我耳，晨露清澈我眼，旭日灿烂我心。在这独一无二的早晨，我享受春天，安静地呼吸。活在时间之外，活在爱和上善里，活成当下的一片朝霞、禅悦、欢喜、妥帖。虚空法界里，我本独一无二；宇宙天地间，何相不是我身？我的慈悲，就是世界的慈悲；我的善意，就是世界的善意。众生安好！

　　像鸟儿那样将曙光衔到你们的窗前，用旭日照亮你们的心灵，以爱和上善开启你们一天的生活。张开春的翅膀，亮出美的歌喉，我用歌唱和飞翔的方式，将美好的春天印入你们的微笑。是的，人生本苦，所以我们要快乐，而早晨就是欢快的引子，愉悦的序曲，让我们一起踏准晨歌的节奏。

春天明媚了阳光，朝霞灿烂了鸟鸣，旭日拨亮了心灯，我在诗人们吟唱了千年的江南地，为你衔来一朵佛地的莲花，插在你的西窗，伴你读金刚长卷。除了脸上常开不败的微笑，心中年年拔节的爱和上善，我真的一无所有，但生命依然饱满，人生依然丰沛，因为只要有一缕吉祥的晨光，我就和你一样蓬勃！

上善和爱的旋律，嘹亮着晨歌，禅悦了心境，催开了春天的喜乐。那些在熹微中等待日出的人，面带微笑，心光外溢，仿若正在开放的花朵。上善和爱在哪，光明就在哪，心的净土极乐就在哪。起一次早，等于开一次花，也约等于成一次佛。春天很远，其实就这么近；修行很难，实际就这么简单。

回到早晨，拥抱春天的鸟语花香，带着湖山的清灵和太阳一道赶路。让幻镜去照永恒，将梦还给梦，错过的一切全部归零，然后用春的霞光重新装修心房。你原本就是自己唯一的主人，何必被与你无关的那朵云彩牵引？你属于晨光中的那扇西窗，属于众生上善和爱的等候。

朝霞在血脉中奔涌，旭日和心灵一道苏醒，晨风在发丝上舞蹈，百鸟在生命的枝头歌唱。春早犹如童年，生动着每一缕气息，阳光了每一次微笑，那只一岁的兔子，在青葱的草地欢快地奔跑，犹如一首旋律优美的诗歌。上善的枝叶舒展，爱的花朵开放，希望的人生，张开璀璨的翅膀！世界一片祥和。

从早晨开始，问候人心。旭日的问候，朝霞的问候，汇聚早晨的正能量；你的问候，我的问候，传递心灵的力量。问候是生命的善意，问候是灵魂的翅膀，问候是春天花朵，问候是早晨阳光，人间不缺问候，世界才能安详。

朝霞被涂上春雨的颜色，湿漉漉的鸟鸣仿佛带露的春花。这样的早晨容易让生命沉醉，雨水洗涤了心灵的尘垢，爱和上善犹如初生。希望的春潮涌起，旭日踏破云涛,我终于走过夜晚的疲倦,又一次被你充满。人生的单行道,因为早晨的光明不再孤单,我知道,那些雨滴都是你的化身,只为伴我一程。

雨后春晨,江南变成晶莹的翡翠,绿得毫无杂质。鸟鸣犹如盛满清水的玻璃茶杯,透彻明亮。朝霞和旭日在延长的晨光中静如处子,草叶上的珠露散发出生命的清香。身体和灵魂在这样的早晨游走,轻松而安妥,安详又禅悦。春天,活在江南,被早晨恰到好处地摩挲,好奢侈。

旷 远

今天是清明节。昨天后半夜,一声惊雷将我炸醒,巨大的雨声搅扰了梦境。早晨起来迟了点,听窗外只有鸟鸣,以为雨过天晴了。这不,雷声又隐隐响起,雨声淹没了鸟声。清明是个提醒人们关注生命和传承的日子,这一天,岁月会告诉生命的来处,又将要归向哪里。

"清明"二字甚妙,大自然是最好的法师,最善于应机说法,方便度人。春风沉醉,春光温煦,春景迷人,我们容易耽搁在春声春色里,忘却来路,不知所往,忘乎所以。这时候,大自然让"清明"二字在时光中呈现出来,清清楚楚,明明白白地告诉你:生命有法则,花开花还落。

清明时节,踏青江南。此刻的朝歌,充满青草的味道,当下的朝霞,弥漫着花香,我的心蠢蠢欲动。从现在开始,我将忘掉所有,放下一切,全心全意地享受春天,回归自然,回归自我。当然,还要带上我的爱派玩微博,真正地随时随地。这惬意,想想怎不都荡气回肠!

春天，绽放就是一种觉悟

春的呢喃，或许是当下一句听不懂的花语，或许是那年那月她的莞尔一笑。无论在青草地，还是在荒漠里，春的迷恋，就是一只野兔一滴珠露。远隔重山不是距离，不过花的一次盛开，船的一次觅渡。光在一片叶子上守候，水在一片云里等待，只为一次诗歌的穿越。春天，绽放就是一种觉悟。

早晨，醒来是一种幸福，要感谢那些忠于职守的鸟鸣和光，鸟儿们自由自在地歌唱，花儿们又艳了几分，阳光涂亮春天的枝头，生命的拔节声色彩斑斓。灵魂在无垠的天空向上再向上，上善和爱带着感恩和欢悦飞向你，飞向一切可能抵达的地方。

鸟鸣从树枝上探出头，站成春天的芽尖，蓓蕾紧随其后，化成天边的云彩，晨光的一道集结令即将盖上旭日的大印。我再次和春天一起出发，梦想回到故乡的童年。绿色葱茏了希望，花香唤醒了向往。在朝霞的旗帜下，大自然和我，被正能量充满。

春暖花开的日子，乡野到处生机勃发。雨后的泥土有些黏脚，但行走中的你，步履中却都是轻松。追上荷锄的老农问农事，走近新耕的田垄观苗情，灵魂被氤氲的地气围裹，思想因田野的希望无限芬芳，一如油菜花海，香浪袭人。用文字和镜头记录乡村春天的人，忘却了艰辛，却记住了幸福。

生命纷纷醒来，加入早晨的合唱；世界充满生机，上善和爱因之更加浓郁。心中的朝霞又灿烂了一分，灵魂的旭日又温煦了一层。天地琴弦，弹响梦想的曲调；山河泼墨，绘出希望的画图。人生的禅悦，生活的欣喜，伴随花开蝶舞。带着微笑，迎着春风，我们一起出发。

春雨蒙蒙的早晨，花开满园，那些破梦而入的鸟鸣，将你的心洗得澄明剔透。我收藏的那些朝霞旭日，也被鸟鸣声擦拭得温润透亮。爱和上善放射耀眼的光芒，生命的正能量紫气般袅然升起，世界一片生动祥和。透看花开满园，春天的律动让灵魂起舞，为人生的另一次出发，你的内心充满感恩！

绵绵春雨中，我在关注晨光的同时，也关注了串串鸟鸣。我关注过无数早晨，并且将关注的快乐传递出去，没有谁逼我这么做，我却乐此不疲。旭日和朝霞快乐我，晨风和朝歌快乐我，我的上善和爱因快乐而提升，我的肉身和心因快乐而舒展。因为快乐而关注，我的快乐我做主。

春雨打湿早晨，清新、澄碧、温润，仿佛一首透明的爱情诗。这样的雨本就是液体的朝霞，有一份别致的灿烂；本就是晶莹的朝歌，有一种独特的旋律。这样的早晨适合发芽，一种信仰，一种希望，一种爱的情怀，在真善美的土壤萌动。我的生命也在这样的萌动之中昂扬起来，血脉中的歌吟无法遏止。

雨后天晴的春晨，最先亮起来的是心，然后欢快的鸟鸣接踵而至，大片大片的朝霞格外灿烂。那些山，那些水，那些早行人，画出世界的美丽和希望，上善和爱在旭日的映照下生机勃发。晨风轻盈的脚步踏上禅悦的征程，节奏中充满生命的美感。让灵魂和身体一起上路，带着生活的信心、人生的信仰。

我听见了布谷鸟的叫声，她是晨歌中一缕最明亮的旋律。被布谷鸟唤醒的是早春的秧田，溪水的欢笑，以及内心深处田园的怀想。布谷鸟的歌声里，朝霞满天，旭日灿烂，父亲的背影渐行渐远，消失在春天的稻田。我闻见了泥土的芳香，旱烟的味道，村庄的气息，以一颗璀璨的心灵等待绿叶与花朵。

高一声低一声的布谷，唤醒枝头的晶莹，那些萌动的芽苞，正在赶往春早的路上，笑一程歌一程。江南的蒙蒙细雨，打湿了山，璀璨了水，嫩绿了我的心景，滋润了我的生命。灵魂的朝霞灿烂希望，精神的旭日点燃信仰，在这个春雨淅沥的江南早晨，我携带爱与真善美一路前行，沿着阳光指引的方向。

我看不见轻薄的雾霭，眼里只有晨光，只有鸟儿欢快的鸣啭，生命在枝叶间萌动，一些赶早的花儿，暗香浮动。轻松的脚步踏过弦琴，愉悦的翅膀划过天空，爱的气息涌动，人生的长弓拉满。我正在江南的春天里启程，怀揣激情与希望。

夜晚的睡眠犹如春天的播种，梦的过程就是发芽的过程，当早晨来临，生命的芽尖正好拱出了泥土，沐浴朝霞，吮吸晨露，踏着朝歌的旋律生长，然后开花、结果，将丰厚的收成归仓。接着在下一个夜晚播种，在另一个梦境慢慢发芽，循环往复，我们的人生因此无限丰盈。

一群小麻雀在窗外叽叽喳喳地叫，天被它们一点点叫亮，春被它们一寸一寸叫深。这些平时不起眼的麻雀，今天因为最早发声而被我格外关注，那些所谓的鸿鹄，也许在黎明时就已高飞，却与我没有一点关系。生命原本没有高低贵贱，众生皆可用不同的方式表达生命的平等，就像这些叫醒早晨的麻雀。

我想赞美一下那些燕雀，她们的歌声也许不那么动听，但一样充满早晨的旋律。很难想像，如果没有这种普通的燕雀，天空还需不需要鸿鹄？当鸿鹄一飞冲天的时候，倘若从此蔑视燕雀，世界会不会还像现在这样多彩？对早晨来说，燕雀更珍贵一些，那些高傲的鸿鹄则是懒鸟，旭日朝歌里常缺她们的音符。

　　我忽然心血来潮，和窗外的一颗树进行了长时间对话，我想知道为什么枯枝一到春天就会发芽，而人类的生命一旦枯萎，为什么就再也没有重新开花的机会。有一点愚痴和疯狂，不要笑我连这点起码的常识都不懂，不是的，因为我别有情怀。

别纠结有多少人不在乎你

别纠结有多少人不在乎你，要常想有多少人在关心你。世上的人那么多，在乎不在乎你没有关系；关心你的人不怕少，三两个就已足够。少关注自己，多放眼世界，早晨照样会天亮，生活依旧很美好。早安诸位，周日快乐，今天阳光灿烂，是踏青闲逛的好日子。

你不一定非要是叫得最欢的那只鸟，只要不沉默，你就是这个早晨的一部分。生在春天，活在人间，相随日出，又快经年。清平致福，欢喜结缘，身在凡尘，心在云巅。

笼中鸟和自由鸟的叫声是不一样的，一个寂寞，一个欢悦，一个听了让你同情，一个听了让你心生羡慕。我喜欢早晨自有的鸟鸣，那声音有旭日的亮度，有朝霞的色彩，有草木的味道，是一种生命的奇观。呼吸早晨的新鲜空气，走进春天的林荫道，树上的画眉，头顶的翠鸟，叫得你步履轻松，心灵禅悦。

风掠过枝头，将鸟鸣吹成檐上风铃，晨光微澜，朝气升腾。这样的春天早晨，漫步柔软的江南，心如出尘，清澈明净。是的，我在安徽池州，在这座丹青难以描绘的城市，在这块佛光普照，法喜充满的宝地，向天下有缘人问候：清平致福，日日欢喜！

这个早晨仿若天真无邪的孩子，才淘气地哭，又开心地笑，泪珠尚挂在眼角，却已是一年灿烂。52，我爱，我爱这赤子般的江南早晨，旭日的初心，在阴郁的雨后，变得更加清澈透明。一个人心中有朝阳，面对什么样的天气都一样灿烂。早安，诸位，不管正在何种境遇中，都请不要丢掉你心中的那轮朝阳。

让生命进入一棵树的状态，倾听鸟鸣，感受旭日，体验春天。芽尖到绿叶，含苞到花开，是一次爱和上善的行旅，辛苦却快乐。从醒来的第一念落笔，用微笑去画年轮，犹如投一粒石子入静水，一圈圈都是生动。

春雨将早晨洗得清澈透明，老僧入定的江南犹如一幅禅画，挂在清明时节。嘈杂的婆娑世界安谧在雨声里，仿佛一颗心莲正徐徐开放，灵魂里香气氤氲弥漫。这一刻，我无思无想，手指本能地在键盘上游走，如若虚空漫步。

多少年前的今天，这个世界上曾经发生过一个故事。一个关于春天的故事，一个关于青春的故事，一个刚开始就注定结束的故事。那时候，故事的主人公他和她不知道，有些故事即使断断续续，也可以长长久久地讲下去；有些故事一旦讲断，就再也不可能继续，注定成为人生里的一场事故。

或问：你的春天是什么样子呢？我略一沉吟，这样回答：和懂自己的人一起品茗、读书、听音乐，留一半清醒给行走的脚步，留一半醉给愉悦的灵魂。其实我还想说，我的春天就是早晨的样子，有晨歌、朝霞、旭日，有爱、善良和希望，有花开叶展，有大海扬帆和蓝天飞翔。当我们迷失了人生的目标和航向，当我们失去了生活的快乐与梦想，当我们暗淡了精神的愉悦和想象，当我们缺失了灵魂的天空和翅膀，请不要气馁，更无需绝望，早起吧，让朝霞为你指引，让晨露为你映照，让鸟鸣给你灵感，让晨风带你翱翔。

　　一只灰喜鹊对另一只灰喜鹊发出邀请，相伴从一处枝头飞向远处的另一处枝头；一只画眉在树丛中引吭高歌，观众则是远处两只叽叽喳喳的麻雀。细心观察你会发现，这些晨光里的精灵，虽来自不同的群体，却可和谐共处于同一片树林。朋友，让我们伸出臂膀，共同拥抱这个独一无二的世界。

　　我发现鸟儿们比人类聪明，虽然一种鸟永远只说一种方言，但相互之间交流顺畅，从不需要翻译。此刻，我仔细分辨晨曦中不同的鸟语，从百鸟的欢愉中感受方言的魅力。世界各地的朋友，感谢你们听懂了我每个早晨的问候，因为我一直用的是方言。如果心是想通的，其实什么样的方言都不是障碍。

　　朝霞以最执着、热烈、灿烂、华美却无怨无悔的方式托起旭日，没有朝霞，哪来旭日？因此人们在歌颂旭日时，一定不忘赞美朝霞。人们更为称道的是朝霞在托出旭日之后，便默默隐入阳光的背后，一路暗暗陪伴扶持，直到向晚再幻身晚霞，以同样执着、热烈、灿烂、华美却无怨无悔的方式迎接大阳回家。

　　我要随朝阳一道启程，要专心赶路，没有功夫跟聒噪的鸟儿们闲扯。本就语言不同，心灵不通，你说的我听不懂，我说的你也未必明白。虽然大家都是生物，生命没有高下之分，但这不妨碍我们生活在不同的世界，你在天上用翅膀书写生活，我却只能用双脚丈量自己的人生。我们共同需要的是正能量。

那些远年的诗意

　　昨夜我被一颗星迷惑，在不知深浅的夜空漂泊了很久。我想找回那些远年的诗意，却发现回程的路已经荒芜。今天早晨，我又被一束光牵引，幻身为草原的老马，在无边的空旷中，寻找大海。其实，我在江南的山中，手执金刚长卷，等待仁慈的朝霞，悲悯的日出。

　　我愿意打开心门，让明亮驱走幽暗，用习惯夜晚的眼睛习惯早晨。相信在黑暗里依旧能够看见微光的人，在早晨的光明里再也不会迷路。此生一无所长，唯有对光的爱忠贞不渝，心向上善，像爱自己那样真诚地爱着他人，以及世上的一草一木。没有完美，甚至不能尽善尽美，所以你从不苛求这个世界。

　　好运气从早晨开始，天上不会掉下好运气，好运气都是自己挣来的。面对旭日朝霞，运一股紫气到心田，化成蓬勃的正能量，催生吉祥的禾苗，催开上善的花朵，托起信念和希望的翅膀，你便无往而不顺。早晨说，你的运气你决定，要好运气还是坏运气，取决于你运入怀抱的是一股什么气。

　　人就是这样，年轻时只知道关心梦想，很少在乎身体的本钱；直到上了年纪，猛然发现身体的本钱不多时，才感觉健康的珍贵。人生譬如市场，也需要好好经营，正确地预估风险，科学地进行投入，并必须精算投入产出比，否则可能血本无归。

　　灰喜鹊们起劲地歌唱，仿佛在进行一场青歌赛。被昨夜细雨打湿的清晨，在歌声的旋律中回味青春。朝霞和旭日照旧启程，在隔着一层烟云的路上。我一边倾听歌声，一边追赶太阳。我知道，越过那片烟云，还有更加嘹亮的旋律。细雨清澈心田，上善和爱灿烂灵魂，有歌声的早晨从不缺阳光。

　　不管是什么样的早晨，我们都需要一颗太阳心来照亮自己，自己亮了，这个世界就不缺灿烂。

　　每一个天亮，我都会重温一次初心，擦拭一下远年的纯真。这样的习惯越持久，我的生命力越是旺盛，我的灵魂越是充盈，我的智慧越是提升。初心犹如旭日，每一次从朝霞中响亮地分娩，都是纯真的轮回，散射着觉悟的光芒。有幸被这种光芒一次次洗礼，是巨大的福报。不忘早晨的初心，才能时时清平致福，我感恩！

　　晴朗的早晨，我偶尔会将自己当成李白，在长安的朝阳下，车马而行，一路平仄。每个男人都有一颗浪漫诗心，无论今古，无论江南田园，还是皇城根下。这一轮旭日，一定普照过陶家的五柳，也一定灿烂过唐城窗口。激越的情怀没有分别，安静和热闹都在一念之间。太阳在时光中长生不老，我一样可以借早晨永生。

　　早晨是一本书，我是贪婪的读者。晨曦鸟鸣是引言，旭日朝霞是主题，爱与上善是这本书的封面。悦读早晨，愉悦生命，净化灵魂，放飞人生，微笑是我的眉批，快乐是我的旁注，欢喜和悲悯的正能量是我的读后感。此刻，你们收到的不是一句简单的问候，而是这本早晨大书的分册，她将带给你们无上的幸福与安详！早晨，总是那样通俗易懂，世上所有的晦涩深奥都是装出来的。旭日和朝霞从来都平易近人，即使有人嘴上不说，但内心照样对她们充满热爱。做一首浅显而内容精彩的晨歌，让五音不全的人也能传唱。早晨这本书常读常新，所以我百读不厌。鸟鸣讲述的故事从不重复，一个故事有一个故事的精彩；朝霞的情节总是跌宕多姿，每一个姿态都唯美得独一无二。至于它的作者旭日，似乎不动声色，却每一次律动都是你闻所未闻的旋律。看似不变的早晨，不仅内容全新，书写的章法也是千变万化。读早晨，一如读人生。

早晨从不故作神秘，天该亮的时候就一定会亮。朝霞、旭日和晨露也从不以精英自居，满足的都是大众审美。被早晨唤醒的永远是绝大多数人，如果早晨只为小众而存在，这个世界岂不寂寞孤单、浑浑噩噩？

收藏早晨也会成瘾，生命对旭日、朝霞和鸟鸣一旦依赖，那感觉妙不可言。无论夜里睡得多晚，你都不会放过早晨的第一声鸟鸣。无论阴晴，旭日朝霞不在天上，就在你心里。早晨，爱和上善总是和微笑一起启程，清平的脚步踏出江南的祥和，你活着的怡然，让未曾经历者难以相信。这样的福报，人世间绝无仅有。

借晨曦给你光明的问候，借朝霞给你灿烂的问候，借旭日给你蓬勃的问候，借朝露给你晶莹的问候，借鸟鸣给你嘹亮的问候。我还要代表江南给你山水的问候，代表莲花佛地给你吉祥的问候。因这一串问候，我的心禅悦又欢喜，因此要感恩！感恩我还活着，跟大家在一起。

当初的一片花叶，如今更有浓郁的诗意；那时的一颗朝露，这一刻化作晶莹的甘泉。我收藏的那些朝霞旭日，依然灿烂着心灵的花园。曾经的禅思仍然安闲，禅眼凝视过的烟云深处，莲花静静地开放。

微笑是好运的通行证

让早晨从微笑开始，微笑是生命的阳光，微笑是人生的花朵，微笑是好运的通行证。

早晨是岁月的初心，初心在，岁月怎么会老？我每次早起，都是对自己初心的一次回归，不忘初心的人，又怎么会老呢？以朝霞为伴，跟旭日行走，每天都是初生，每天都在成长，每天一次轮回，灵魂融入岁月中，时间便不能再左右我们的人生，生命的局限也就悄无声息地被打破。我今年五十一，也可以是一十五。

不忘初心　方得始终

太阳从没说过一个爱字，却将爱给了我。我害怕黑暗，她就带给我天亮；我渴望灿烂，她就送给我霞光。虽然我也从未表达，但一样深爱着太阳。朝霞在我心里，阳光让我迷恋，我早起，只为多看她一眼；我晚睡，是因为对她的牵挂。无言的爱，让太阳充满了吸引力，受她照拂，我愉悦；被她同化，我情愿。

岁月欺硬怕软，你要是跟它对着来，耗尽能量是你；你若是顺着它，反而会在不经意中获得它的加持。岁月催人老，你若不想老反而会早添白发，你以一颗坦然的心对待往往生命旺盛。岁月是把刀，你软它就软，你硬它更硬。

人生的路走一步少一步，每一步都是唯一的一步，辜负了便永远无法补偿；时光过一天少一天，每一天都是唯一的一天，虚掷了就再也找不回来。生命的意义，就是走好每一步，用好每一天。

回到早晨，鸟鸣悦耳，朝霞灿烂，心和气畅。依然要做阳光行者，一点点将爱和上善沿路播撒，犹如勤勉的老农，在春天的泥土中播撒希望。携光带热是行者一生的追求，做光明的歌者，让灵魂花开，为生命加油，我无限禅悦。

有一颗种子，每天早晨在我的心中发芽，沐浴着朝霞旭日生长，然后一点点繁茂起来，葱绿我生命中的每一天，这颗种子的名字叫快乐，叫爱，叫上善。

朝霞泼洒得恰到好处，才能烘托旭日的雄美；鸟鸣的节奏刚刚好，才能和谐晨歌的旋律。活着，既要像早晨那样蓬勃生机，也要像早晨那样懂得节制。因为节制得恰到好处，早晨才那样收放自如。人生的无常，生命的起落，则大多缘于我们不懂得节制。朝歌让早晨变得更加静谧，我面对旭日朝霞，倾听心的旋律，感受清凉的晨风越过心的田园，爱和上善茂盛起来。佛光在欢喜中普照，慈悲在禅悦中弥漫，清平世界，一片祥和。

我是旭日，升起是我的责任，不为任何赞美；我是朝霞，灿烂是我的本性，没有一点刻意。一个人可以是一轮旭日，一个人也可以是一片朝霞，为什么不呢？朝霞蓬勃，不是为了炫耀；旭日灿烂，不是为了赞美。蓬勃是朝霞本来的样子，灿烂是旭日天赋的性格。蓬勃地出发，灿烂地行走，默默地播撒光热，我们的人生原本也应该是这个样子。每个人都是一片朝霞，每个人都是一轮旭日，让生命蓬勃，让灵魂灿烂，不是做给别人看，而是做给自己看。

置身阳光下，给肉体和灵魂消消毒。生活在人群中，我们不想被毒污染，首先要做一个不带毒的人。食五谷杂粮，肉身难免毒素产生；受名闻利养诱惑，心灵难免产生毒素。每天在阳光下消消毒，既可保持自己的身心健康，又能避免成为社会的毒源。

对我来说，今天是个特别的日子。50多年前的今天，我获得了天地的入签证，我被母亲带到这个五颜六色的尘世，我第一次接受阳光的照拂。今晨我要做的第一件事，就是感恩，感恩仁慈的天地，感恩仁厚的母亲，感恩仁爱的阳光，感恩50多年来伴我身心灵成长的一切，感恩一路奋力前行的我自己。

被曙光唤醒，为晨歌感动，第一念阳光，满心是灿烂。日子就这样开始，活着便很晴朗，过往的梦随风飘散，当下的快乐要尽情分享。不管在江南还是塞北，禅露一样芬芳，禅心一样安详。

收集早晨第一缕曙光，第一声鸟鸣，第一颗新露，长年累月，从不间断。我这样做是为了爱与上善的保鲜，为了心灵的灿烂和生命的活力，也是为了每天送给世界的问候不缺正能量。我很平凡，因为早晨，我有心追随伟大；我很愚痴，因为早晨，我无限靠近了智慧；我很冷漠，因为早晨，我有了博爱情怀。

每天早晨起来，许一个小小的心愿：我见到和想到的人都快乐无忧。清平致福嘛，快乐才是人世间最大的福气。我这个小小的愿也是许给自己的，我见到和想到的人都是我的外部环境，外部环境的美好，有助于我内在环境的优化。我的修为还很不够，做不到心的如如不动，很容易心随境转。你们快乐，我也会快乐。

像朝霞那样灿烂地活着，像旭日那样不停止前行的脚步，让生命携光带热，让人生脚踏实地，让心灵高洁善良。无垠的天空任由翱翔，辽阔的大地任由驰骋，将梦想和希望写上蓝天，将爱与上善尽情播撒。有仁爱，有慈悲，有情的一生才真实而美好。面对朝霞，让心在安静中独自灿烂；怀抱旭日，任灵魂在乾坤里自在运转。

一切雕饰都是对美的伤害

自然最美，一切雕饰都是对美的伤害，自然即是天然，人工永远夺不了天工。譬如人工雕出的高楼，往往割裂了日出朝霞之美；人为制造的噪音，是对悦耳鸟鸣的扰乱。我们心中的爱和上善，原本也是出自天然，但由于红尘的雕饰，心灵被染污，许多人的爱和上善被遮挡了。自然真好，亲近自然，我们内心深处那些天然未凿的美，就会自然呈现。

我等了10年，终于等来了绿荫如盖。每每看着西窗的绿树，我都想写一篇光阴故事。所谓光阴，就是满怀信心地等待，等待一棵小树苗慢慢长高，然后将夏天的毒日头挡在三楼的西窗之外。也或许，光阴就是生命里追赶绿荫的十年，十年可以有一场轰轰烈烈的恋爱，可以有一次逐渐磨合的婚姻，又或许只是一个转身。

爱占有价的小便宜，忽视无价的大便宜，这是一般人的通病。譬如一针一线这样的小便宜，有人就喜欢占，朝阳旭日这样的大便宜他们却熟视无睹。爱占小便宜的人，常被人诟病；忽视大便宜的人，却无人注意。我想提示自己和天下有缘人，从今天早晨开始，改掉占有价小便宜的毛病，养成占无价大便宜的习惯。

春天的早晨，清明而温煦，风温顺地依偎在清新的空气里，旭日被鸟儿叼出东方，朝霞抚过大地，世界一片安详。花儿们纷纷赶上枝头，开一片禅悦给爱和上善的心灵看，时光由此倒转，向青春穿越，回到初心。

整个夜晚，我都在追赶太阳，因为爱，我不辞辛劳。爱旭日，爱朝霞，我成为最虔诚的光明追随者。因为爱，夜晚那样长，不曾丝毫动摇我的信心；黎明那么黑，也无法阻挡我的脚步。我知道早晨就在前方，果然鸟鸣就在那里，走进旭日的光辉，沐浴朝霞的灿烂，我无限地开心禅悦，自在安详。爱在这里落实，爱在早晨升华，爱在光明的心地蓬勃成长！

健康、优雅、安详地活着，100岁不算年老；病态、纠结、惶恐地喘气，20岁不叫年轻。人之一生，活得生命的长度和质量均等，是上天的厚爱，要懂得知足和感恩。我真的没有年轻过，但一直监督自己往年轻里活，谁在帮助我一起监督？早晨的旭日，心灵的朝霞，不间断的自我教育。

老天这几日耍了点小脾气，将本来温煦的书房搞得冷冰冰的，撕碎的书，纸屑飞得到处都是，昨天收拾了一整天都没有彻底收拾干净。好在一切都过去了，今天早晨旭日又笑嘻嘻地升起，朝霞又开开心心地灿烂，天的大书房和我的小书房，禅静如初，一派安详。也是啊，再好的人也有脾气，无论天性还是人性都如此。

风雨之后见彩虹，如果尚未见到彩虹，要么风雨还在继续，要么是你心中没有。心中若有彩虹，风雨中一样可以看见，犹如早晨，即使天气阴郁，内心阳光的人，依然能看见旭日朝霞。

一轮旭日从心中升起，一片朝霞在头顶灿烂。心光融入阳光，这世道明亮而温暖，这人心良善又慈悲。活在早晨，我的胸腔被爱充满，我的灵魂扬起风帆，生命如此强劲，生活如此丰盈，人生如此圆融。

早晨，我们带着空空的自己出发吧。空了，才可以装，装得下慈悲欢喜，装得下理想信念，装得下爱恨情仇。夜晚对心的清空，为的不就是朝阳下轻松的启程吗？

活得阳光，才有亮度；活成阳光，才有热度。这是我钟爱早晨的理由，借旭日点亮生命，用朝霞灿烂我心，这一生，我要做一个携光带热的人。路途漫漫，乌云常有，但这不是我暗淡和却步的理由。这个世界无论怎样冷漠，只要还有一颗心是热的，就还有温度。你的、我的、他的心不冷，不暗淡，人世间就不缺光亮和暖流。

活着，被需要，是幸福一种；活着，让周围的生命更舒服地活，也是一种幸福。谁有资格拥有上述幸福？每一个还在呼吸的人，只要有一颗成就自己的心，奉献众生的心，就可以。譬如，早晨和朝霞一起灿烂的人，晚上和星辰一起明亮的人。

一个人没有信仰，犹如早晨了，天却不亮；一个人倘若失去了理想信念，仿佛旭日不再发出光热。天不亮的早晨，有也是无；没有光热，旭日又哪里存在呢？然而，是早晨，一定天亮；是旭日，必带光热，这是我早起的最大理由。活在世上，必须有信仰；行走世间，必须携光带热，这是我所理解的生命意义和人生价值。

这一生信仰太阳，这一世钟爱早晨，我因此成为一个有信仰和爱的人。人生不过百年，活着而有方向感和敬畏感，每天生欢喜和慈悲心，是多大的福报啊！所以，除了发自内心的感恩，我并不奢求什么，因为感觉富足，故而精神满足。和早晨一起明亮，跟旭日一起灿烂，多好！

像早晨那样自自然然地醒来，这是一种无上的幸福，你能否感受，那是你的事情；你满不满足，那也是你的事情，与早晨无关，与幸福同样无关。幸福是一种感受，感受旭日的温暖，感受朝霞的灿烂，感受早晨的光明，无一不是幸福的状态，你感受你就幸福，你拒绝你只能躲在自己的小确幸里。我喜欢活在早晨，幸福就是活在光和热之中，即使不能温暖他人，至少自己不会冷；或许无法照亮世界，但是心灵有光芒。

春之花语

让我们再次从初年出发

又是一年中最短的日子，早晨6点，朝霞尚未赶到，我走在了旭日的前面。我很开心，犹如一个顽童，我知道，过了今天，日子又会开始新一轮成长。虽然已过了知天命的年纪，但我一样可以青春年少，甚至可以再次从初年出发。我说过，我已忽略50年，今年才三岁，刚刚牙牙学语，一粒种子刚刚开始发芽，小荷才露尖尖角哦。

早晨从鸟鸣开始，早晨从欢悦起步。早晨对每个人都很公平，朝霞是免费的，旭日不用花钱，你想要，就可以拥有。假如愿意，快乐也是无价的，上善和爱也是无价的，你一样可以拥有。

早晨，从一声灿烂的鸟鸣开始；早晨，从一滴欢悦的露珠开始。被晨露滋润的感觉妙不可言，随晨歌的节奏起舞活力无边！请准备好纸笔，我要蘸上朝霞书写生命，描绘生活，泼洒人生。

诚信之与你我，犹如呼吸之与生命，仿若天亮之与早晨。信仰的基础是诚信，道德的基石是诚信。早晨是诚信的最好榜样，诚信有着和旭日一样的亮度，诚信有着和朝霞一样的光辉。

生活的阴霾遮不住心中的阳光。今天周末，早晨的太阳依旧升起，爱和上善仍然是晨歌的主调。生活里虽然难免偶起雾霾，但只要太阳在，生命和人生便是晴朗的。

眼睛不明亮，看不见朝霞旭日；耳朵不愉悦，听不到欢快鸟鸣；心灵不美好，装不下爱和上善。而你恰恰相反，你的早晨，总是晴朗，总是欢喜，总是善美且充满正能量。这样的早晨，是智慧，你愿意和他人一起分享；这样的早晨，原本应该属于大家，所以你从不敢私藏。

太阳不起山，谁拉都没用；人若不自主，神仙难帮忙。这些日子，早晨的天气连续阴郁，我发现一向爱起早的自己有些懈怠了，内心里最明亮的东西，似乎被遮蔽。好在上善和爱未曾远离，生命还能拨云见日，如果可以，我还是要和旭日朝霞一起灿烂。

清晨醒来，总有那么一瞬间，我不知道自己是谁，忘了自己的年龄，搞不清自己身在何处。那一刻的迷离飘忽，有一种甜香的生命味道，仿佛母亲的乳汁；那一刻的错觉和疑问，弥漫着宗教的气氛，犹如置身人生的初年。一瞬间，一辈子，无量生，一次醒来，一次蝉蜕，与光同在的，是我亦非我。

独自一人的时候，我常会向自己的心发问：你认识自己吗？对这样的发问，我总是非常犹豫，难以回答，因为我实在没有明确的答案。说不认识，我觉得不确切；说认识，我又没有那么理直气壮。就这样时常处在一种矛盾之中，面对自己，我的心总是在认识和不认识之间游移。

我们的力量非常有限，面对别人的求助，我们更多时候只能表达一下内心的同情。希望悲悯和仁慈蔚然成社会的风气，每个人都能对自己的行止负责，不管你是地位卑下的平民，还是握有权柄的贵族。人最可贵的东西是良知，对自己的良知负责，就是对社会和人生负责。

朝霞传我心声，旭日替我言说。我说的话都是废话，我写的字统统多余。今晨，我就要这样无思无想无言说

青春可以不再，青春的心不能没有。在这个春天的早晨，我睁眼想起的居然是青春，与我这个五十多岁的中年人似乎不搭调，但我真的偏偏就想了，你能咋地？青春是青年人的权利，也不全是，中年乃至老年，为什么不可以有青春心？你看那旭日朝霞何止千万岁，她们不一样青春而灿烂吗？青春是生命的一种呈现，与年龄无关。我这样说，连自己都理由满满，开心禅悦啦。

我喜欢早晨，是希望这个世界和我自己都变得明亮而温暖。没有人喜欢黑暗阴冷潮湿的世界，所以要主动地追求阳光。早晨是阳光出发的地方，我早起是为了跟随阳光的脚步，是为了做一个温暖明亮的人。

看见早晨，你便走过了夜晚的黑暗；享受旭日朝霞，你的心灵也会在不知不觉中灿烂。拉黑生活的忧郁，点亮人生的喜悦，释放生命的正能量。

早晨，一切都是全新的，每个早晨都是一颗初心。活在早晨的你我，也是全新的，也如初心。早晨是开始，是出发，跟朝霞旭日一起上路，还是往回走？在我们的一念之间。一念是觉，一念是禅，一念是安详。

第二部分

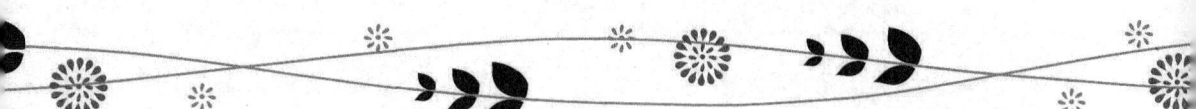

夏之浪漫:

放飞青春，筑梦生活。

一个筑梦人生的理由，一种进取的智慧供给。

告别不一定非要悲情

春正归去，一路风雨兼程，行囊里都是人间温暖的色彩，欢悦的音符，上善的气息。告别不一定非要悲情，泪花中藏着喜悦，这一去虽千里万里，却一定还会回来。春留下的不是荒凉与寂寞，灿烂的夏花次第开放，如同早晨的云霞喷涌。在春的另一面，在雨帘的那一边，希望、善良和爱依然一片茂盛。

两个多小时前，夏跟春换班，在属于自己的位子上开始站时间岗。从这个早晨开始，我们面临的是一个崭新的季节。尽管时间在变，但旭日依然升起，朝霞依旧灿烂。既然如此，我们呢？心中是否继续鸟语花香？春的温煦，夏的热烈，对一个心态平和的人来说是一回事，看

似在变其实从未改变。

春末夏初，行走在江南雨季，我的心难免有些回潮。在这样的季节，你总是在我早起的一刻君临，掠过潮湿的心空，风干那些远年的记忆。一朵花在时间的深处开放，暗香弥漫，镜里蹁跹庄周之蝶。我在你朝霞般的气息中迷醉，阳光的念头一串串升起，那些飘飞的雨丝光芒四射。

今天是五一假期的第一天。早晨没有放假，晨辉依然当值。让我们怀着感恩的心，承受这光明、这珠露、这朝歌、这蓬勃。昨夜的雷雨，或许惊扰了你的梦境。好在现在已经天亮，喧嚣已经停歇，你可以收拾好羽毛和心境，趁着这劳动者的假期，或远游，或近飞，为自己的灵魂补足正能量。

江南的夏雨下在早晨，总有一种特别的味道，仿若淋漓的梦境，让人沉迷。江南的夏雨，和晨歌的节奏极为协调，能使人找到一种春天的妥帖，旭日像花朵一样开放，朝霞和心潮一起涌动，生命里一片晴朗。江南的夏雨，容易撩拨爱的琴弦，上善的旋律弥漫着详和，天地间无处不是清平的慈悲，禅心的欢喜。

这些日子的天气，早晚有点羞羞答答的，夏天来了的缘故，春姑娘或许还是老传统，初见夏哥哥难免含蓄，没有现在的女孩子那么大方。先跟大家分享一下我的这个发现，然后告诉大家今天早晨的江南是什么样子：鸟照叫，天照亮，朝霞旭日开开朗朗。老夫我呢，依然身披晨光，满怀山水，行吟在上善和爱的路上。

江南初夏，早晨的雨是落在鸟鸣里的，虽然有些湿漉漉，但没有一点泥泞。撑一把伞出门，我在一片晴朗的天空下行走，旭日在我头顶，朝霞披在我身，那些雨滴犹如心莲上的珠露，清澈而甘甜。我若晴朗，雨天也是一幅阳光灿烂的图画，有日出，有善美，有无穷的禅意。此刻，你是晴天吗？我的朋友们。

虽然每个早晨醒来都很开心，但今天尤其特别。连绵的梅雨，阴霾了江南的天。雨丝乱了我的思绪，洪水涝了农家的田。就在今天，晨鸟的欢鸣笑开太阳的脸，阳光拨动了大地的弦。早安，江南！请传递我的欢悦；早安，中国！请抒写快乐诗篇！

今天是母亲节，我今晨的第一声问候专致母亲，祝我的母亲和天下所有的母亲快乐健康，幸福满足！今天的旭日是为母亲升起的，今天的朝霞是为母亲灿烂的，今天的鸟鸣是为母亲歌唱的，今天的爱和上善是为母亲生发的。母亲是我的太阳，我是母亲心中的阳光；母亲是我的港湾，我是母亲心中扬起的帆。

母亲是明亮星光，陪我在队屋的稻场捉迷藏，招魂的声儿一声短一生长，照亮我回家的方向。母亲是宁静港湾，送我从长江的岸边出发，嘱咐的话儿一声短一声长，摇动我破浪的船桨。母亲是梦里飞扬的白发，我生命里的柔情牵挂，一声短一声长，祝福我亲爱的母亲安康。

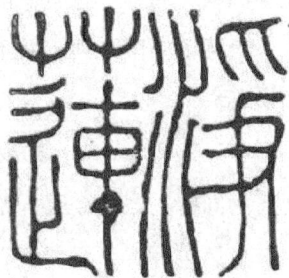

净　莲

一个人再怎么长大，都大不过母亲的胸怀；一个人飞得再高再远，也飞不出母亲的视线。母亲的胸怀是爱的天空大地，母亲的目光是情的千丝万缕，母亲的爱和深情犹如阳光、空气和水，只有付出，从不索取，默默奉献，不思报答。值此母亲节来临之际，祝我的母亲和天下所有的母亲幸福安康！

童年是一种岁月，老家是一世乡愁。春末夏初，雷雨的早晨，鸟鸣被打湿，初心被惊醒。顺着雷声的方向，越过雨幕，我回到茅草岗的初年，用内心的旭日引路，找寻那个写满故事的村庄。那条流水清澈的龙沟已被填平，那颗挂着秋千的弯梓树已经不在，我的老屋呢？我的那些光屁股伙伴呢？

今年六一和端午接踵而来，使童年的味道更浓郁，尤其是我这样的中年人，更感觉儿时的记忆好像全被青青箬粽占据了。最早知道粽子与一位远古的诗人相关，正值我记事的年龄，这对我一生影响深重。当时虽然理不清诗人和粽子的关系，但觉得粽子既然那么清香可口，当个诗人应该不错，我就这样早早与诗结缘了。

龙舟划出历史的烟云，箬粽染上诗歌的味道。我问朝霞：今天是什么日子？朝霞答我以九歌；我问旭日：今天是什么日子，旭日回我以天问。站在长江边遥望汨罗，离骚一页页飘散，广阔着屈大夫的怀抱。上善若水，那一腔情怀如水，奔腾了中国江河。我不知道，掀开五月初五的日历，还有多少人理解先祖的初衷？

今天又是六一节，50岁的我和5岁的我与大家共同庆祝！建议天下进入中年之后的同龄人，从今天开始忽略年龄的十位数，从年龄的个位数重启自己的人生。早晨告诉我，只要童心还在，童年就可以重启，如同旭日还在，早晨就可以重启。如果你是早晨的信徒，内心朝霞满天，旭日普照，你就拥有永恒的童年。

容颜被岁月氧化，激情被时光制冷，越往年轮的深处走，我们越不认识自己。生命的真相如果原本如此，我们除了一声叹息还能怎样？问题是我们不甘心，也不服气，时间才不敢那么特别嚣张，任由我们在幽深的季节点燃一盏灯，重新照亮童颜，找回青春。

我们依旧在一起

坐在窗前的书桌上浏览次第醒来的世界，尽情地享受这夏日的早晨微风，我在陶醉中油生一种感动。多好！游荡的灵魂又回到了我的肉身，我的影子也和我一道起床，我的生命之船越过了夜晚的惊涛骇浪，希望的天使带我走进全新的晨光。我要向你们问候，朋友，在生命的新起点，我们依旧在一起！

早安，天南地北的朋友！请接受这片葱绿，让你的心境从早晨开始凉爽，让这绿丛中的朝歌，快乐你的夏日。这片来自江南池州的绿荫，永远是春天的味道，即使在炎夏酷暑，也一样沁人心脾。我是个两手空空的人，能给你的只有这方葱绿，不要嫌我小气啊。

我是一缕清风，从夏日熹微出发，穿过炎炎酷暑，只为送给你清凉。我是一曲朝歌，随百鸟的旋律爬上窗口，将光洒满你的屋子。以上善和爱的名义，将生命的问候传递，我希望这个世界变得温馨而生动，我希望这个夏日充满凉爽和绿荫。消弭负能量，让正能量在天地间充盈，这是我的也是你的责任。

早安，朋友！问候带着早晨的新露飞向你，带着婉转的鸟鸣飞向你，带着朝霞的味道飞向你。不管是否已经梦醒，是否已经起床，是否已经启程，都请你记住，人间需要友谊，世界需要和善；微笑使人吉祥，快乐使人舒畅。让我们做一缕夏日微风，在生活和人生的征途成为彼此的清凉。每一个早晨都不敢轻易错过，因为每一个早晨在我的 生命中都是唯一。难道你和我不一样吗？

风声吹凉凌晨的静谧，夏日的炎热在梦的深处短暂退隐。我喜欢的旭日还在含苞，我爱的朝霞也远远没有升起，在静谧的凌晨3点钟，原谅我不敢大声问候，生怕在不该醒的时候将你惊醒。我独自在时空游走，带着平静的心灵等候你的开放，花蕊初露的时刻我的问候正好抵达。

亲爱的，该起床了，让我们乘着早晨的清凉一起赶路。太阳有既定的旅程，人生也是，都必须靠自己走。炎夏是生命的必经，我们不能因为季节的流变，失了内心的安详。亲爱的，该启程了，和夏日早晨的微风一起，和如常的朝霞鸟鸣一起。我们的内心只要不失安详，所经的路途不一定非在春天才有花开。

雨声滑过丝弦，在浓绿的夏叶间结成一串串珍珠，清澈而凉爽，将这个黄梅天的早晨弹拨得柔软又明亮。我听见了朝霞和旭日的脚步声，在光的那一头，上善的正能量聚集，我的灵魂被一点点充满，生命的翅膀渐渐张开，我的心一如既往地飞翔。被爱与希望牵引，是一种无法言喻的幸福。

吸一口朝霞，吐一朵莲花，我在早晨时光积蓄和传递爱的能量、希望的光芒。摘一束朝歌，拥一怀灿烂，我在早晨时光收获和播种激情的人生、快乐的梦想。我用最美的文字记录早晨，我用最美的心情体会早晨，我用最美的旋律弹奏早晨，早晨同样给我以最美的馈赠：生命饱满，精神愉悦，灵魂飞扬。

一位伟人曾经对青年们说：你们是早晨八九点钟的太阳，世界是我们的，也是你们的，但归根结底是你们的。今天是青年节，我想说另一句中年人想说的话：青春是你们的，也是我们的，只要心中永葆一轮旭日，一片朝阳，青春就是永恒的，不分你我。每个人都有两个青春，一个生理的，一个灵魂的。

明天端午节，是诗人的日子，就让我在今天提前祝福天下诗人！谁说这是一个没有诗歌的年代？《诗经》不死，诗歌长存，一如早晨不灭，旭日常在。诗歌可以是分行的文字，可以是跳荡的旋律，也可以是微语禅思。所谓诗人，不在其文字躯壳，而在其独立精神。真正的诗歌乃般若智慧，真正的诗人就是你我。

五点即起床赶稿，现在总算完工，虽然腰酸背痛，却也享受到一份辛苦后的轻松。感谢我的书房，窗外绿树成荫，鸟鸣为我的伴奏，打字的节奏因此变得优美；感谢小区邻楼的山墙，将旭日的光辉反射到我的书桌，给我一个晴朗的心境。生活处处有禅意，以一颗禅心对待生计，生计便没有想象的那么沉重。

早起打开西窗，一股轻柔的风吹进来，宿热跑得无影无踪。真的，这个夏天的每个早晨葱绿的枝头都在摇动，空调风扇成为多余的物什。大自然总是有一些东西可以让你安妥，这需要一颗接受的心，需要一种接受的缘。这个缘并不神秘，就在你生命中的每个早晨。冬天不冷，夏天不热，四季如春。

外面办事回来，路过一片花丛：红的艳丽而热烈，白的明亮而安静。我从未被花这样吸引过，这回居然半途下车，且行且赏。有个比喻叫"灿如夏花"，今天才算真正领略到它的精妙。春花虽然艳丽，但的确灿烂不过夏花。我发现，选择夏天盛开的花朵，不是为了被欣赏，而是为自己绽放，所以才如此地安静又张扬。

盛开在夏天的夹竹桃艳丽而热烈，虽然勾魂你却不能碰她，因为她是有毒的花朵。世上从不缺让人难以忘怀的美，但有两种美人们一般不会碰，一种是有毒的，一种是圣洁的。前一种只能远观，不可近玩，譬如夹竹桃；后一种只会欣赏，不忍攀折，譬如莲花。

没有一处足迹可以重复

　　早起，我打点行囊，为生计开始新一周的奔跑。虽在雨中，我的心照常晴朗，旭日的气息，朝霞的味道，和着简单的早点一起下肚，我的肉身和灵魂能量充满。工作内容限制了活动领域，我每天只能在方圆不到一百公里以内重踏自己的足迹，但我并没有感觉单调，因为我知道没有一处足迹可以重复。

　　我对年轻人说：早晨是一本教科书。她教给你生活和人生，教给你梦想和希望。这本教科书以旭日朝霞做封面，以爱与上善为内容，以珠露和鸟鸣为修辞，再铺陈以你自己的故事，让你成为她的一部分。年轻人说，读你，也像读早晨，你也是我的一部教科书。我怎么就被人家看成早晨了呢，还教科书！

　　人们喜欢旭日朝霞，但没有人喜欢黑太阳，因为这个世界需要正能量。善爱的心是一轮旭日，善爱的心朝霞灿烂，心若善爱，心就是太阳。朋友，让我们拥有一颗太阳心，而不要让自己的心变成黑太阳，因为你我都需要生命的正能量。

　　是太阳，就必须在每个早晨出发，容不得半点懈怠。太阳的使命就是照亮温暖世界，没有权利辜负大地万物的等候。其实众生也各有各的使命，倘若使命尚未完成，谁都没有权利懈怠。

学习太阳的广阔胸襟，也要学习太阳的雄然独立。容得下风雨，绝不被风雨所牵；不吝啬光热，但不因阴云止步。一天一次的升起，一生一回的点燃，可以默默燃烧，也可以夺目地灿烂。

生命是速朽的东西，生命又是永恒的存在，太阳虽然只有12小时的生命，但周而复始的轮回，让太阳的生命绵延不绝。在任何一个生命单元里，太阳总是充满着光和热，所以才拥有了朝霞不变的美丽，旭日不变的灿烂。而另外一些生命，即使轮回也出不了六道，脱不了永生的苦，因为他们从未发光，也缺少温度。

早晨时光，犹如一杯香茶，总是温润可口。在晨曦中迎候朝霞，等待日出，那感觉胜似初恋。跟鸟鸣一道创作诗歌，生命里总有一种青春不老。上善和爱像晨露那样纯洁，灵魂清澈见底，如兰的呼吸禅悦身体的每一个毛孔。在早晨这个纯粹的唯独，我无限接近自己，心灵的正能量袅袅升起，氤氲世界的每个角落。

早晨不会因为谁的臧否，决定是不是天亮，该亮的时候照样亮；太阳不会因为谁的好恶，影响自己的灿烂，该灿烂的时候一定灿烂。早晨的格局有多大，不必所有的人知道；太阳的境界有多高，无需所有的人理解。赞也好，谤也罢，早晨和太阳就在那里，亮亮堂堂，不遮不掩，不偏不倚，不净不垢，不喜不怒。

沉 静

心中有朝霞，便没有人能够阻挡你的灿烂；旭日在灵魂里，所有的风雨都丝毫不影响你的晴朗。因为生命充满了正能量，你就不再惧怕任何负能量。将快乐的晨歌写满精神的天空，再大的痛苦也会在你的生活中归零。这一生什么都可以错过，我只要早晨就够了。

朝霞安谧地灿烂，旭日宁静地升起，鸟语花香的早晨，温煦又安详。大自然何其美好，我们没有理由不珍惜。请不要用肮脏的语言污染我们的眼目，请不要用暴力的声音袭扰我们的听闻，请不要用无耻的恶念伤害我们的心灵。这个世界需要爱和上善，需要悦目的微笑和愉快的歌声，需要正能量滋养激荡我们的灵魂。

或是朝霞满天，或是隔着云层，不管能否被看见，太阳都照样升起。太阳心从不会因环境的不同而改变她的灿烂。

清平致福，六时吉祥。让智慧之光将暗淡的生命照亮，让慈悲的心将熄灭的爱和上善点燃。

鸟儿要证明自己的存在，一是鸣叫；二是飞翔。对一只鸟儿而言，鸣叫显然比飞翔取巧省力，但如果没有飞翔，那还是鸟儿吗？如果我是鸟儿，我会更多地使用翅膀，而不是嘴巴。这个早晨，鸟儿们叫得很欢，我似乎有点不合时宜，也不是的，因为朝霞和旭日虽然无言，却更深深地吸引了我。

鸟鸣中一样可以有爱恨歌哭，快意就好！禅意原本就来自现实的沉重，不容逃避。热爱内心的阳光，其实是渴望心灵的光芒；倾情人生的朝霞，实际上为了生命的绽放。在尘世行走，喜忧痛痒，唯自己的体会最为刻骨，灵魂的圆缺阴晴，还要靠自己把握。

心灵缺席了善美，生命便暗淡了光芒。旭日照不醒你，朝霞也给不了你灿烂。内心不亮的人，即使在阳光下，也是摸黑走路。生活再艰难，人间再复杂，都不是你放弃心灵善美的理由，请一定别让它在你的生命中缺席，否则，你的翅膀就会湿漉漉，再也无缘晴朗的早晨和辽阔的天空。

在黑暗中待久了，突然面对光明，眼睛一时睁不开是正常的。所以即使深处黑暗之中，也绝不要让心灯轻易熄灭，为的是让自己的眼睛在任何时候都习惯光明。

和太阳神在一起，让至圣的光芒驱走我肉身和灵魂里的魔鬼。被龌龊和阴霾压迫已久的生命，在阳光的荡涤之下，清澈如初，晴朗如初，璀璨如初。圣灵和天使们充满友好，圣洁的莲花对我微笑，那么禅悦，那么安妥。一种神谕，一次传心，一缕祥云，一路飞翔，一回重生，一世安详。

你不能为我们提供一颗更好的太阳，凭什么不许我们珍惜现有的太阳？不管你怎么谩骂，怎么抹黑，当下的太阳就在那里，你一样享受着她的光热，我们凭什么相信你、附和你？你如果说夏天的太阳很毒，我认同，可露天劳作的人们尚未说什么，你却躲在空调房里聒舌，我们会相信你是在为我们这些流汗的人好吗？

我们怎样，世界就一定怎样

新的一周开始，朝霞和旭日陪伴我们灿烂的启程、阳光的出发。花在身前起舞，鸟在身后歌唱。脚步轻松，心灵欢愉，爱与上善祥和你我，笑与慈悲温良大家。请相信，世界是一面镜子，我们怎样，世界就一定怎样。

阳光照你，也照我，你若微笑，我也没必要愁眉，共一轮太阳活着，你惬意，我为什么要不开心？雨露润你，也润我，你若成长，我也要拔节，共一片雨露活着，你快乐，我为什么要忧郁？阳光雨露没有分别，也无厚薄，同样被阳光照拂，同样承受着雨露，活得好还是不好，那是我们自己的事情。

朝霞的无私，旭日的无我，让我的心变得平静，将我的胸怀撑开。沐浴在早晨的辉光里，爱不再是一种冲动，上善成为生命的滋养。人生里的一切错过，一切刚刚好，归于随缘，不再纠结；世间的一切拥有和失去，如同水流般随意，不再郁积。我和你，和万物，都是一种因缘，或久或暂，都已经释怀。

江南连续下雨，下得我心境都有些潮湿。每年的七月，湿热的天气，加上下起来就没完没了的雨，令一股倦意疏懒着我的肉体，精神偶尔也会迷离。感觉内心的某种坚持，被谁推搡和撕扯，我临近悬崖，面对深渊。感谢无所不在的禅，为我在雨中扒开一道缝隙，让阳光透进来。

细雨敲亮枝头，鸟鸣婉转清澈，微风吹散暑热，晨光点燃心境。在这样的时刻张开怀抱，拥入胸襟的都是清新；在这样的时刻深度呼吸，沁人心脾的都是愉悦；在这样的时刻拔锚起航，挂满风帆的都是信念。朋友，无论什么样的早晨，都全新而美丽；无论什么样的早晨，都不失希望，不缺激情。

心中晨风和煦，朝霞一定美丽，旭日照常启程，光明洒满大地。在盛夏酷暑，如果还能保持一份宁静，你还能从朝歌中听出丝丝凉爽，才算真正懂得早晨的真谛。不要因为炎热否定太阳，不要因为心躁埋怨阳光，夏天不是她的过错，是岁月必经的旅程，仿佛生命在涅槃中的重生。

朝露点亮叶尖，我听见了大地绿色的呼吸；晨曦惊醒鸟鸣，我看见了天空扑腾的翅膀。生命在早晨书写着一部传奇，我是这部传奇的贪婪读者。朝霞灿烂，旭日温煦，上善和爱慈悲了传奇的每一个情节。早晨的传奇是一部生活秘籍和人生指南，有幸读到的人不会在世间迷失方向。

朝霞泼染的江南，那种亮绿浓得化不开，什么样的丹青高手也无法临摹。稻花香里，老牛的身影变得饱满，鎏金的鸟鸣充满节日般的喜悦。城市走出潮湿的心境，对着旭日言说世界杯的故事，是谁不小心将足球踢到天际。微风默默无语，从一棵树到另一棵树寻找答案。夏日早晨，晴朗的思绪让生命的旗帜高扬。

世人皆有云水禅心，一如早晨必有朝霞旭日。云水在天，云水在地，在亘古到未来的寂寥里，而那颗当下的禅心，正开出觉者的花朵。朝霞在邻家山墙，朝霞在带露的鸟鸣，无言的旭日脚步铿锵，敲醒慧者的般若，禅悦夏日时光。大千宇内，何处不是禅境，何人不是禅者，何物不是禅现。

天蓝风清，心宁气静，热而不燥。今晨起床迟一些，错过了晨曦珠露，还好赶上了朝歌，并在早晨边上发出了问候，我依然是愉悦的。上善和爱并不因为炎热而缺席，正能量带着夏日清凉为你撑起绿荫，问候路过的地方，一定有花开的声音。

打开窗户，耳朵陶醉于鸟鸣的愉悦，目光被浓浓的绿色牵引。我想高声表达内心的快乐，又怕惊破这喧嚣中的静谧。极目远眺，一只鸟恰好穿过晨光，翅膀剪出优美的线条，仿佛颤动在天穹的琴弦。早晨的风景美丽而新奇，不容错过，爱她、拥抱她，我们的人生将更多彩。

当夜晚的玫瑰色梦境逐渐退隐，你的生命开始了另一段行程，沿着光的方向走，正能量让你神采飞扬。心里有春天，炎夏也是凉爽的；心中有了上善和爱，世界便充满温情。

今天周末，我依然黎明即起，不为别的，就为对早晨的向往。黎明之后就是天亮，看看天怎么亮，跟旭日学习成长，是我生命中最惬意的事情。人生的过程就是天亮的过程，就是日出的过程，就是成长的过程，这样的过程，不容忽略，值得分享。

早起，才有资格任性地等待日出；心中的旭日升起，生命才可以任性地灿烂。任性的微笑，来自内心的和乐；任性的慈悲，要有和善的底子。你可以任性地

乐此不疲

阳光，不可以任性地阴郁；也可以任性地希望，不可以任性地空想。早安！对世界的祝福也是可以任性的。

早起，对着旭日说：做一个向上的人；对着朝霞说：做一个灿烂的人；对着众生说：做一个善良有爱的人，然后开始我们一天的行程。还有什么样的人和事不能面对呢？活着，就做一个方向目标明确的人，就做一个携光带热的人，就做一个心怀慈悲和博爱的人。

梦想在左，希望在右

晴朗的早晨，鸟儿们啄动夏的琴弦，绿叶激情等待被朝霞点亮。越过黎明的梦，我的心阳光灿烂，灵魂的花园蜂飞蝶舞。上善和爱携手启程，精神被蓬勃的生命引领，向人生的高处进发。早晨让我们年轻，诗歌的情怀依旧，你的亮眸仍然是我迷恋的旭日。感谢你，让我这一世的行程歌声嘹亮，充满花香。

我一如既往地朝歌，因为生命的勃发，因为希望的初生，因为爱和上善的照拂。光的手指在我的心弦舞蹈，心的翅膀在光的海洋翱翔。在茫茫宇宙，在辽阔穹苍，我一路愉悦地追赶太阳。这一生很短，一半留给了夜晚的黑，我无怨无悔；一半属于白天的亮，我尽力善用。

晨光，鸟鸣，新露，旭日朝霞的序曲。上善，爱，欢喜，生命灵魂的禅悦。人天合一，物我同体，身心安妥，世界安详。

早晨，天将亮未亮之前，总有一两只鸟率先鸣叫，那声音虽单薄却格外响亮。鸟鸣热闹得有点吵的时候，大凡天空已经大亮。先驱者总是少数，大都曲高和寡。

太阳每天无私地升起，从不怕任何模仿和抄袭，面对自己被山寨克隆，她并不烦恼，反而欢喜。太阳心充满永恒的正能量，光是她的思想，热是她的灵魂，一切对光热的抄袭模仿，都是对正能量的传播，当然多多益善。太阳点亮天空，普照万物，为世界注入无限生机，山寨克隆出来的，注定永远不会成为真正的太阳。

太阳是自然的心灵，太阳赋予了大自然无穷无尽的力量。心是肉身的太阳，心赋予了肉身无穷无尽的力量。太阳是爱和上善的化身，心是上善和爱的源头，我们唯有和太阳一样光明正大、没有偏私，才能让美好的善爱纯洁无瑕，才能让心的太阳每天升起，才能让心灵的力量源源不断的生发和传递。

睁开心眼，看旭日怎样晶莹朝露，看霞光如何灿亮。丰沛的早晨，隆重的开篇，又一个日子开始启程，请检视一下我们的行囊，爱与上善是否带着，微笑和快乐有没有落下。人生的路将进一程，生命的智慧也随之提升，丢下那些不必要的辎重，让灵魂轻装前行。

来，做一次深呼吸，让旭日的正能量充满心胸，让生命和朝霞一起灿烂。全新的早晨，你也一样全新，把握当下，携手信心，我们一起迎接人生全新的旅程。一切都不重要，也别怕行囊空空，只要上善和爱还在，一路上你就会收获无穷。迈开快乐的步伐吧，让我们踏着朝歌的旋律启程。

内心的晨歌从未改变，从青丝到华发，虽肉身刻满了年轮，不是在睡梦中离去，就是在睡梦中醒来，这是夜晚必然的结局，这是早晨注定的开始。看到天亮，迎来旭日的人，没有一个不是自醒的人，如果不能自醒，别人喊破喉咙也是没有用的。每一次醒来，都是生命的奇迹；每一次日出，都是造化的神奇。

　　早晨，打开心门，让灵魂和身体一起走出来，沐浴朝霞，啜饮新露，在鸟鸣的伴奏中，踏出生命的节律，享受爱和上善的正能量。灵魂高飞，白云无碍，梦想在左，希望在右，双翅划开快乐的路。这一生千年修得，这一飞穿越千年，我与旭日同行，我与时光同在。

　　像朝霞那样灿烂地活着，像旭日那样不停止前行的脚步，让生命携光带热，让人生脚踏实地，让心灵高洁善良。无垠的天空任由翱翔，辽阔的大地任由驰骋，将梦想和希望写上蓝天，将爱与上善尽情播撒。有仁爱，有慈悲，有温情，一生才真实而美好。

　　天亮，不是为了谁的赞美，该亮时，天就一定会亮。天亮，仅仅出于一种伟大的自觉。我之所以对早晨情有独钟，之所以倾心于用文字传播心灵正能量，其实是为这种伟大的自觉所影响。

　　禅在热闹的鸟鸣里，在西窗的铁树上，在邻楼的东墙。今天早晨的第一念是禅，当下耳中所闻，眼里所见，皮肤所触，灵魂所生，无不是禅。

　　昨晚，我在散步时遇到一条流浪狗，没有感觉这条狗比我卑贱；今晨，我被一群扯着嗓子倾诉的鸟儿吵醒，也没有觉得自己比这些鸟儿幸福。我和一只鸟、一条狗相比，生命力是一样的，区别在于修行的程度不同。

　　天亮不亮是天的事情，你早不早起是你的事情。有人沉迷于夜的宁静，有人钟情于晨的光辉。每个人都有自己的取向，说不上哪个好、哪个不好，各自尊重就是。有早起的自由，就有赖床的自由；允许语言上的左，也应该宽容行动上的右；可以表面上的先锋，为什么不可以骨子里的传统？

　　我只想悄悄地告诉你：你若早起，智慧必升。希望的顶点就是绝望的起点，绝望的凋零正是希望的萌芽。生活就在希望和绝望之间，能否把握好这个区间决定人生质量。忽悠在底线以上，你有可能成为导师；忽悠在底线以下，你就只能成为骗子。

生命中的早晨是有限的。多拥有一个早晨，就多拥有一份光亮。多拥有一份光亮，就多拥有一层爱和希望。如果每一天都能像早晨那样明亮地活着，像朝霞那样灿烂地活着，像朝歌那样欢快地活着，生活就不会迷惘，人生就不会暗淡，灵魂就远离了痛苦和忧伤，生命就会从有限中获得无限。

每天用光明擦拭心灵，生命便无积尘，人生就不暗淡。

晴朗的心就是这一世的净土

早晨醒来，细听鸟鸣，听着听着，就被其中的一声感动了。带着感动起床，你的身体轻盈无比，你的心清明透彻，愉悦感油然而生。静静而有条不紊地做好盥洗的功课，喝上一杯淡盐水，让生命变得净洁而强劲。接着，你一边晨练，一边等候朝霞日出，享受一种无言的幸福。此刻，你正在将这种愉悦和幸福传递出去。

早晨，山峰和大海总是先看到日出。热爱早晨的人，要和山峰比高，要与大海比阔。我的心中有一座善的峰峦，我的心中有一片爱的海洋。以一颗善爱的心灵亲近早晨，你必被旭日格外垂青，你的人生会先人一步灿烂，你的灵魂会较他人得到更多的滋养，你的生命会释放出更大的正能量。

不管旭日是否升起，每天都要保持一颗晴朗的心；不管朝霞是否灿烂，每天都要让自己笑面如花。你活得怎么样，是非常个人的事情，你怎么对待个人的事情，拥有的就是什么样的人生。不必期许来生，晴朗的心就是这一世的净土；无需去祷告，如花的微笑便是最近的天堂。早安，我的朋友们！

众生平等。小毛豆跟我一起分享着周末的早晨。紫气东来，鸟鸣风爽，爱与上善的正能量氤氲而起，夜晚的浊气消散，我的心一片澄明。共一轮旭日，就一杯禅露，你我同饮这美妙的时光，无言的快乐，幸福而安妥。

当生命又一次遭遇旭日朝霞，我们是否心存感恩？人生的欣悦，生活的快感，其实都是从感恩开始的。有多少种感恩，就有多少种幸福，问一问自己的心：幸福吗？感恩心和麻木心的回答是不一样的。

我带着小毛豆跟旭日学参禅，那感觉好生奇妙。禅不可说，是因为人类没有一种语言能够精确地表达禅。但参禅的感受却可以分享，分享的方式多种多样，文字也是其中之一的分享法门。譬如参旭日禅，你的报身仿佛一泓清水，你的无数化身映在水中，你的法身如如不动，你在不知不觉中就进入了琉璃世界。

晨光舒展，灵魂开放，生命里朝霞满天，旭日在爱和上善中冉冉升起。回到初心，回到童年，和诗歌一起成长。心灵的神驹奔驰在多维的纯真里，能量与天地相接，精神与山河同在。

晴朗的天气，找那么一点空隙，漫无目的地沿着平天湖行走，和那些平日无缘相见的水鸟、鱼儿以及水草或无语相对，或轻轻叙谈。你的心不知不觉被清空，日积月累的心尘被彻底清扫，灵魂渐渐敞亮起来。偶尔抬头，看看远处的城市天际线，再扫一眼静静的远山，一种恍如隔世的感觉在你的周身瞬间弥漫。

海内存知己，天涯若比邻。面对晨辉，这两句话总是清晰地映在我的心幕。或许我们远隔遥迢，或许我们终生难见，但在同一缕辉光里，我们的心灵相通，灵魂交融，气息同律，情思相叠，思想同调。我愉悦着你的快乐，你加持着我的上善，爱的旭日冉冉升起，美的朝霞片片灿烂。

雷雨中，望着挂在西窗玻璃上的水珠，我仿佛蝶化，身体的奔放锁于年轮，唯精神的逍遥游尚可勉力。你在雨前看乱云飞渡，用的是我年轻时的眼睛；你在雨中的笑傲奔跑，用的是我青春的激情。

早晨是智慧的化身，早晨有一种大自在。不管你在意还是不在意，不管你喜欢还是不喜欢，早晨还是照样君临，从不会退缩躲藏。朝霞不因谁的好恶改变灿烂，晨歌不因谁的臧否乱了旋律，旭日在天空行走，阳光在大地漂移，也不因谁的赞美或批评慌了手脚。

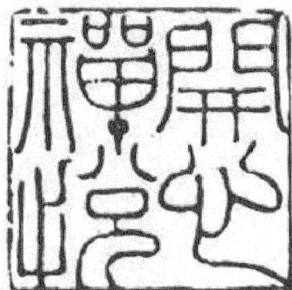

昨晚，清溪河边独自看月，看出的不是诗意，而是孤独。你的灵魂不属于这个维度，也不属于那个维度，仿佛找不到家园的浪人。机器的轰鸣，扰乱了月光的旋律，熟悉的小径被城市截断。你的血脉被欲望堵塞，双目迷离，看不见天际的翅膀。而你的翅膀已经被折断，连梦里都没有飞翔。无言的孤独，被喧嚣的月光深埋。

开心禅悦

既关照现实，也关照梦想；既钟情朝阳，也欣赏月光。在人间，也在天上；在地狱，也在天堂；不快里有些许欢愉；兴奋里有淡淡忧伤。看似风花雪月，实则寸寸衷肠，你渺小而不失伟大，你辽阔却又在方寸之间。

小时候不小心打破一个碗，就以为犯了天大的错；高考时左等右等等来的是落榜消息，就以为生活中从此没有了太阳；死去活来地爱上一个人，到头来却发现这个人和别人走在了一起，就以为人生到了末日，再也没有活下去的理由。十年二十年之后回头看，是否觉得曾经的自己竟那么幼稚可笑？

年轻时想着怎么把文章做长，年老后想着怎么把文章做短。开就盛开，开出自己的最灿烂，不要羞羞答答，不要遮遮掩掩，也不要在乎有没有人欣赏，甚至无需在意结不结果。是花，就要珍惜一生一次的开放，开到淋漓尽致，开到对得起自己。

活着就要做有意义的事。所谓有意义的事，就是对自己和他人都有益的事，就是快乐自己也快乐他人的事。譬如自己的内心有一片阳光，就一定要在照亮自己的同时设法照亮他人；譬如自己有一份觉悟，就一定不吝拿出这份觉悟与他人分享。有意义的事就是能够传递正能量的事，就是引领灵魂向上的事。

早晨是真心的大师

与朝霞同步，跟旭日并行，和晨歌搭调，仿佛草尖上的新露，胜似春花的灿烂。我是一弯清澈的流水，我是一片飘飞的祥云，在人生的原初地带，我尽情地吮吸上善的正能量。请学会忘记过去的年轮，将每一次日出当作生命的开始。

你若阳光，心必灿烂。这是早晨哲学，也是生活哲学、人生哲学和生命哲学。早晨有大智慧。在早晨你可以得上善的般若，灵魂可以任意穿越不同的维度，享受生命的大自在。这是行者的发现，我不敢私藏这个秘密。你若信我，便自体验；你若不信，也有理由。

你见过慌张的朝霞吗？你见过急躁的旭日吗？朝霞的节奏总是淡定从容，该灿烂的时候旁若无人；旭日的脚步总是不紧不慢，该出发的时候才会启程。生活能从容，日子才能像朝霞那样灿烂；人生不紧不慢，生命才能如旭日般蓬勃旺盛。早晨是真正的大师，用一片朝霞一轮旭日就足以使无数的心灵觉悟！

旭日之雄气，朝霞之柔美，催生万物之生机。我乃宇宙之纤毫，万物之一粒，虽然渺小却也有属于自己的一轮旭日。

　　有时间去恨，不如拿同样的时间去爱，爱会让时间变得温馨一些；有时间绝望，不如拿同样的时间希望，希望会让时间变得明亮一些。我们来自黑暗，最终还要去向黑暗；我们来自孤寂，最终必将归于孤寂。人生如此短暂，为什么不让这短暂的人生温馨明亮一点？

　　天的格局有多大，地的境界有多大，唯有光知道。没有光的照亮，一切便变得逼仄、模糊、乖张、暴戾和压抑。早晨的可贵在于天亮，光让天空和大地展现出本来面目。人的可贵在于心亮，唯有心亮的人才有大格局、大境界。

　　我热爱早晨，追逐光，是要做一个爱拍，带上你依然年轻的心快走在清晨清溪河岸，贪婪地呼吸着新鲜空气，通体清爽。忽然想起一位在沪工作的老乡的抱怨：如今许多城市的空气越来越不好，花钱买新鲜空气的日子就在眼下。许多地方所缺的，正是安徽池州富余的，此地大气富有负氧离子，有些地方甚至超过均值的38倍。当下池州或可着手开发空气产品，发展空气产业。

　　我们都是有信仰的人，我们的心被上善永恒引领，从早晨的希望中出发，一路布施！身在哪，心就在哪，真的很重要。譬如走路，心在左脚，左脚就不会落空；心在右脚，右脚便以踏实。人生的路也一样，早晨醒来，我的第一个念头：做一个清净的人。

　　清溪河边的日出和九华山的日出一样灿烂，汇景园的朝霞和上禅堂的朝霞一样圣洁。佛乐和晨歌在天际线交织，旋律同样优美清澈。庙堂以高，江湖以远，掬的都是这一捧朝露，净的都是这一颗天心。在或不在，燃的都是一炷心香。

　　行者在莲花佛地九华山掬一捧吉祥给你，并借地藏菩萨大愿致福于你！向上的脚步朝着旭日的方向，向善的心璀璨早晨的辉光，希望和爱在信仰的穹苍高翔！生命清净，人生永和，灵魂清平，我们的生活被以敬、以慈、以仁、以真的因缘引领，带着微笑和庄严精进。

　　在晨光的轻抚中，我们的灵魂清澈透明，希望和爱的气息升腾，一种激昂的旋律穿越肉身，回荡于天地之间。朝霞灿烂地启程，旭日璀璨了征途，生命在感恩中枝繁叶茂。

　　朝阳无敌，所以灿烂；晨歌无敌，所以嘹亮。无敌的早晨祥和而善良，一束光一束真诚，一缕风一缕希望。你我都是早起的人，以太阳的胸襟为胸襟，以苍穹的格局为格局，渺小的我们才能走向博大。

　　如果内心迷惘，就早起一回，晨光会给你方向；如果生命疲惫，就早起一回，晨歌会让你昂扬；如果精神黯淡，就早起一回，朝霞会令你灿烂；如果灵魂慵懒，就早起一回，旭日会带你飞翔。别错过万能而无私的早晨，你要的，早晨都慷慨的赐予；你没有的，早晨都为你备齐。拥有早晨，就拥有一切。

　　或问：你为什么那样钟爱早晨？行者答：理由多多，随意挑几条说说吧：我喜欢早晨的不言却无私，我喜欢早晨的平等无分别，我喜欢早晨的旷阔与丰沛，我喜欢早晨的持恒与守诺。在我眼中，早晨是上善、希望和博爱的化身。近朱者赤，近墨者黑。和早晨在一起，心是亮的，灵魂是有方向的。

　　听到灰喜鹊的叫声，我就会心生一种愉悦。今天早起，再次享受了这种愉悦。我喜欢灰喜鹊略带沙哑、却非常磁性的声音，它穿越在晨歌里，仿佛一颗拉长的露滴，明亮地划过草叶，留下醉人的气息。在这样的早晨，我总是不由自主地回到自己的诗歌年代，回望那些丢失在生命征途上的音符。感觉真的很美！

　　阴霾遮蔽了心智，犹如夜晚迷惑了灵魂，请不要失望和恐惧，早晨会拯救你，以光的方式，用上善和爱。假如生活欺骗了你，假如命运划伤了你，请不要失望和恐惧，早晨会还你一个公道，朝霞将给你补偿，旭日将为你疗伤。我可以失去一切，两手空空，只要生命中还有早晨，就不负这一世人生。

如花的微笑便是最近的天堂

　　记住了日出，忘记了年龄，我的心态似乎一天比一天年轻，甚至肉身，似乎也一天比一天轻盈。早晨上善的正能量，爱和希望的累积，真的可以驻颜，能够将你的生命拉长一点点，让你的人生丰满一点点。朝霞胜过人世间所有的化妆品，晨露是天底下最有用的健康饮品。请每天涂一抹朝霞，饮一杯晨露。

　　我的问候还没有送出，你们的问候就来了，我好生欢喜。我说过爱是可以传染的，一声问候一声爱，无数的问候将早晨变成爱的海洋。同样可以传染的是上善，上善在问候中提升，上善让我们的早晨更加明亮而温馨。因为爱与上善，世界不再冷漠，生命被正能量充盈，我们的心灵像早晨一样安妥。

　　或问：你的心境为什么总是如此朝霞，如此雨露？行者答：我的生活可以不灿烂，但为什么连一颗灿烂的心也不去拥有呢？心若灿烂，生活就不会太暗淡；我的生命不见得总被雨露垂青，但为什么连一个滋润的灵魂也不去拥有呢？灵魂若有雨露，生命便郁郁葱葱。朝霞雨露虽是外物，但心和灵魂由我做主。

魔都的早晨，朝霞似乎也很魔幻，令你有一种心跳的沉迷。我在安远路眺望远空，目光谦卑地越过高傲的摩天楼群，你这个来自乡下的农民内心得到成长。旭日的正能量，让纯朴的灵魂变得高贵，晨风中海的味道，散发阵阵书香。我仿佛置身远年的乐园，被一种浪漫情怀充满。早安！魔都。早安！朋友。

看见晨风在枝头摇曳，我就有起舞的冲动；听到晨鸟婉转的鸣叫，我就有歌唱的冲动。早晨总能将你内心沉睡的激情唤醒，旭日让你雄起，朝霞灿烂我心。上善和爱在你内心成长，茂然成树，次第花开，遏制不住春天的律动。生命之晨，总有一些东西值得你细细体味，总有一些东西让你不能忘怀。

看不见的地方，被你牵引。那根若隐若现的线，长过了一个世纪。只可感知，不能相见。

如果自己心中的那轮朝阳没有升起，即使大自然的朝霞满天，你也一样看不见早晨。活给别人看从来没有活给自己看重要，自己不给自己一个未来，就不要期许这个世界能够给你一个什么样的未来。

心态不好，头顶都是阴霾；心态一好，脚下也生阳光。心态这东西最是捉摸不定，是人都想有个好心态，是人都难葆有持久的好心态。好心态不是说来就来，想有就有的，好心态得之于修炼，失之于放任。人要保持一个恒常的好心态，必须向善、宽容，还要耐得住寂寞。

大道之行

做阳光不做火焰，要永久的灿烂，不要短暂的燃烧。如果是风，我热爱和风；如果是雨，我赞美细雨。人世间不是所有的人都能成为英雄，我们不能因为被错觉蒙蔽了眼睛，到头来连个常人也做不了。

喜欢乡村白天的风，害怕乡村夜晚的黑，是因为不懂真乡村。热爱自由的美好，不肯为自由牺牲，是因为不懂得真自由。向往爱情的甜蜜，不愿为爱情付出，是因为不懂真爱情。

旭日教导你：要阳光，不要黑暗；朝霞教导你：要美丽，不要丑陋；晨歌教导你：要明亮，不要暗淡；珠露教导你，要纯洁，不要肮脏。早晨是最好的教育家，早晨是品格塑造家，早晨教导你：要真善美，不要假丑恶。做早起的人，站到光的旗帜下，受教于旭日、朝霞、晨歌和珠露，校正我们人生的方向。

风光时，不要忘记施惠和提携那些与你结缘的人。有一天万一落难，你的运气必定不会坏到哪里去。即使附着在身上的一切光环都不复存在，但你依旧闪耀着光芒。因为你曾经累积的善德和友情，会在这个时候化成温暖的阳光照耀你，既不让你暗淡，也不让你寒冷。

向早晨看齐，做人明亮一点；向旭日看齐，做事高调一点。明亮做人，高调做事，你就能无言而声传千里，仿佛晨歌；发光而难掩灿烂，一如朝霞。像早晨那样活着，自觉地葆有内心的爱与上善，让正能量一点点聚集提升，你的灵魂和生命就能获得自在圆融，永恒翔翔于天地之间。

有一种能力叫自我发现。一个人拥有了这种能力，就拥有了旭日般的自信，朝霞般的灿烂，天空大地般的辽远豁达。女人们拥有这种能力，便一生不缺美丽；男人们拥有这种能力，便一生不缺雄气。水的柔情妩媚，山的侠骨阳刚，就在内心的深处，需要我们自己去挖掘延展。

太阳是天空的核心价值，众生是大地的核心价值，灵魂是肉体的核心价值。没有核心价值，天空永远黑暗；没有核心价值，大地永恒死寂；没有核心价值，肉身永无声息。人类的核心价值是上善和爱，民族的核心价值是文化和文明，国家的核心价值是正义和公平。生命的意义在于找到各自的核心价值。

有人将朝霞看成火山的奔涌，想到的是激情后的毁灭；有人将朝霞看成临盆时的血流，想到的是新生命的诞生。在不同的人眼中，朝霞也有多重解读，这世界原本就不存在整齐划一。我看朝霞，乃是正能量的化身，既有新生命的律动，更有爱和上善的升腾。

旭日染红云涛，朝霞泼向天际，世界是何等的璀璨多姿！你我的一生，能有多少次见证这样的奇观？每一次见证，都是巨大的缘分。没有千万年的等待和修炼，我们何以有这般的造化？因为这样的奇观，我们的爱变得神圣；因为这样的缘分，我们的上善得以提升。请珍惜，请珍惜这样的早晨！

独创的早晨成就独创的你

晨曦微露，犹如天眼初开，世界为之惊奇；宿梦刚醒，仿佛本心顿觉，灵魂为之震颤。怀揣希望和爱，等待朝霞沐身，晨歌洗耳，等待天地间充盈你的气息。我知道，此刻，在时空的某个维度，你正怀抱一轮新日，期待我的君临。舞蹈的旋律，光芒的声音，还有你的温润，和早晨一起，融入我的生命。

现实愈坚硬，愈需要柔软的心灵，所以我不遗余力地向善劝善；社会越不公，人心越阴暗，所以我力所能及地向上劝上。我相信每个人内心都有沉睡的善良，等待唤醒；我确信没有人喜欢阴暗，大家都需要阳光。歌颂早晨，弘扬善，已成为我生命的动力、人生的信仰。

我发现，朝霞更眷顾那些普通人：赶早课的老师学生，赶早班的白领蓝领，赶早市的商贩农民；朝歌里多是普通的声音：隐入树丛的虫鸣，燕雀的叽叽喳喳，以及村庄里的一两声狗吠牛哞。正是这些普通人普通的声音，构成早晨的画卷与旋律，让世界无比生动。

每个早晨都是独创，今天的朝霞和昨天一样灿烂，但树的影子却产生了微妙的位移；今天的晨歌和昨天的一样嘹亮，但歌手的队伍进行了重新排列组合。你心中的希望、博爱和昨天一个样，但感受到的世界和人群有变化。独创的早晨成就着独创的你，你因为持恒地早起，从而拥有了常新的生命和人生。

早晨最无私，你若需要，她必然给予；早晨最公平，普惠众生，她没有分别；早晨最宽容，你的缺席，她从不抱怨。早晨就在那里，我们没有理由不去拥有。倘若错过，我们错过的不仅是早晨本身，重要的是，错过了向早晨学习的机会。

是旧律，又是新诗。既规矩工整，又自由奔放。早晨是旋律的大师，她用我们熟悉又陌生的节奏，唤醒众生，激荡我们内心的洪流。越过洪荒，漫过天际，在这样的早晨，任何难以抵达的地方，生命都可以轻松抵达。

内心没有阳光，阳光就不会普照你；内心没有希望，希望就会离你远去。你没有强大的内心，这个世界轻易就能将你压垮。不要指望可以逃避，面对才是最明智的抉择。你和我，都是一样的人，平凡得不能再平凡。即使面对，我们也不会再失去什么。因为，我们已经没有什么可以失去。面对就有阳光！

我从滔滔江水中掬起一朵浪花给你，浪花里有我的祝福；我从九华山色中摘一朵莲花给你，莲花里有我的祝福；我从朝霞中牵一缕灿烂给你，灿烂中有我的祝福；我从朝歌中捧一束音符给你，音符中有我的祝福。我将所有的祝福献给亲人，献给朋友，献给天下人，献给众生！祝福你，也快乐我。

因为热爱光，我化身日月星辰；因为钟情美，我幻成山川林木；因为天赋激情，我附着在风雨雷电。我是谁？我是开天辟地的盘古，我是来去无踪的造化。我是众生，众生是我。有多少众生，就有多少盘古和造化。没有人可以轻贱自己，没有你，这个世界或许依然一片混沌。

出于真善，在自己的能力范围内最大限度地付出，哪怕付出的不多，都值得鼓励赞美；出于伪善，付出的前提是为了索取，哪怕付出的再多，也不值一提。

爱需要一颗强大的心灵。爱早晨，你的心要能和朝霞一起燃烧，要能踏上晨歌的节奏，要能和旭日一般能量充满。你还必须有早晨那样的自信，那样的胸襟，那样经得起黎明之前的黑暗。心灵若跟早晨一样强大，你的爱也一样博大，必定像朝霞那样灿烂。像晨歌那样愉悦所爱，像旭日那样温暖所爱。

你总是那么令我心动！沐浴在你的辉光里，我的心神无比亢奋；贪婪着你的绝色，我的血脉中都是浪涛。你总是那么令我迷恋，沉浸于你的歌声，我的灵魂无比安妥；徜徉于你的微风，生命的呼吸何等畅达。亲爱的早晨，是你一次次用温柔的手将我抚醒，是你一次次用深情的目光将我的心弦拨动。

这样的时刻，这样的位置，拍下这样的早晨，需要多么巨大的生命机缘。飞向朝霞，飞向旭日，飞向光是我热爱早晨的理由，是我记录早晨的动力，是我歌颂早晨的玄机。灵魂的飞翔不等于现实的飞翔，唯有灵魂和现实的双翅在云端舒展，才是我毕生的愿望。

信仰是你最大的本钱，行动是你最雄厚的实力。沿着光的方向，朝着希望的目标，我们的使命就是前行！

我喜欢夜晚的宁静，热爱晨曦中的微光。在宁静和微光中我用文字将自己的生命拉长。虽然休息时间不多，但很少有过睡眠不足。他们说我是一个怪人，似乎有着总理一样的精力，却生为平凡的码字工。我不以为然：能够自由自在码自己喜欢的字，是我的巅峰幸福，这种幸福即使给个总统的高位也不换。

今晨的鸟鸣超好听，最天籁的旋律都是对大自然的模仿。真正的好声音在窗外的树丛，在你走过的山山水水间，在早晨，在旭日朝霞装点的天地大舞台上。我被好声音拨动心弦，一种生命的亢奋无法遏止，那些散落的激情重新聚合。在这样的早晨，爱在好声音中复苏，灵魂里一片灿烂。

我有晨歌一曲，堪比百音天籁；我有朝霞一缕，笑傲千条霓虹；我有阳光一片，胜于万盏明灯。在夜晚等待黎明，在熹微中迎接早晨。我总是这样激动、亢奋，精神昂扬，充满希望，血脉贲张。早晨是琉璃世界，早晨是净土天堂，早晨是温馨爱乡，早晨集纳了你所有的向往。拥有早晨的人，宽宏而强大。

为光而来，我天然地亲近太阳，也喜欢灿烂星辰。我来自黑暗的过往，还要去向黑暗，光是永恒之黑暗中的短暂奇迹，我不能不尽情分享。于是你们懂了吧，我为什么热爱早晨，总是歌颂朝阳；又何以醉心夜晚，总是迷恋星光。

平常心

一晃又是周末，中年的岁月如此倥偬，七天仿佛比七个小时过得还要快。我手里抓的是一根空缰绳，时光之马总在我的前面奔驰，追也追不上！深夜时分，我的魂就会不自觉地飞升，想看看那匹马会不会短暂停歇；旭日君临，我就会不由自主地启程，继续追赶那匹奔马。明知追不上却总在追，总不服气。

有过偶尔的懈怠，也有过短暂的迷茫；有过淡淡的忧伤，也有过深深的失望。是早晨帮我度过一次次人生难关，为我注入了源源不断的正能量。我因此信仰早晨，朝歌焕发了我的激情，晨光指引了我的方向，朝霞鎏金了我的欢悦，旭日点燃了我的理想。灵魂被爱和真善美充盈，我的生命才得以如此昂扬。

像蒲公英那样随遇而安

每个早晨都独一无二，每个日子都无法克隆。今天的朝霞史无前例，当下的鸟鸣石破天惊。茫茫宇宙里，我是唯一；朗朗乾坤下，我本无二。我的生命最灿烂，我的人生我做主。这一身难得，我要化身万千上善和博爱；这一生稀有，我要和正能量的人一起做开心禅悦的事。就这样天天饱满，一世充实，觉行圆满安详，多好！

飞到哪里，就在哪里生根，像蒲公英那样随遇而安。醒在早晨，就从早晨的鸟鸣中出发，和旭日朝霞一样没有犹疑。我们的每缕思绪，我们的任何心行，都是因的播种，你种下什么因，收的必然是什么果，这是答案唯一的生命哲学。

向着光的方向走，走过了秋，走过了冬，就走到了春。向着光的方向走，走过了梦呓，走过了黑夜，就走进了早晨。向着光的方向走，走出的就是一条向上的人生路。

让早晨从愉悦开始，日子过得开不开心，人生走得惬不惬意，都是自己的事情。你可以参学人家，他人却永远帮不了你。参学是内因做主，被帮是外因作用，内因不主动，外因便无力。

假如你栖居城市，早晨有鸟鸣为你叫醒；倘若你家在乡村，早晨有狗吠为你做伴，请珍惜这样的早晨，请为这样的活着知足。

谁不可以有梦想呢？在旭日的辉光里，你的梦想完全有理由灿烂。梦想早晨没有错，躺在床上梦想，再低的梦想都是空想。你梦想朝霞，不赖床，朝霞就是你的，美丽的梦想其实触手可及。

要么落入别人的窠臼，要么落入自己的窠臼，人生方式看似五花八门，其实只有一种。寻求第二种以上方式的办法就是不落窠臼。那么，今天这个早晨和今天的你，会不会落入窠臼呢？重复日子，浪费生命，人生无法不贫瘠单一，所以必须清醒，必须改变。

我听见旭日朝霞的脚步声渐行渐近，我看见山河大地的旋律袅袅升腾。在长江之南，在九华山下，我，一个思想的行者，开启了新的生命历程。我必须前行，人生之舟属于辽阔的大海，不能为某一个港口而滞留；生命的翅膀为高远的天空而存在，不能慵懒在哪一处温柔的鸟窝。

既然醒着，就要笑口常开。你紧蹙眉头，生活一定不会因此改变；你心境开阔，人生也许处处坦途。早起，别想太多，带着爱和上善跟朝霞一起出发就是。

让心情和朝霞一起灿烂，让日子像花儿一样开放。活着的每一天，与上善之光同在，与爱的美艳同在，这一生怎么过都很惬意。

你不早醒，哪听得见鸟鸣？你不早起，哪看得见日出？你对温度失去了敏感，哪能成为早春的先知？你要成为先知，就必须成为那个早醒、早起又敏感的人。

怀揣清净心早起，带着欢喜心出发。新的一周，不同的生活，从未经历的人生。让生命的步伐，跟上太阳的节奏，不紧不慢地走。时刻携光带热，你就活成了一轮太阳。

让生命和人生开出绚烂的花朵，让上善和博爱结出丰硕的果实。得这一世人身非常偶然，遭逢这个偶然，何止千万年的修炼？何止万千劫的寻找？别糟蹋这样的福报，请珍惜这样的奇缘。

让快乐的心光点亮上善，让上善的念头充满爱的能量，让爱的种子在心光和上善中发芽。早安！生活从零开始，人生从初心出发，生命的旗帜高扬。你，也因此不停歇地成长，向上，再向上！

善缘人一个都不能少，逆缘人统统要化掉。善缘人逆缘人都是有缘人，佛度有缘人。早起一个善念，人生光明一天，珍惜这一天，用足这一天，活好这一天。

被夏雨打湿的早晨，潮潮的，有海的味道，虽然这里是江南，离海十分遥远。雨的缝隙里，各种鸟鸣，汇成旋律的海洋，我仿佛颠簸在浪峰波谷的一叶扁舟。抑或，天籁般的经声，环绕在庄严肃穆的庙宇山林，宇宙洪荒，前生来世。这样的早晨，总是安妥禅悦，哪怕只有片刻，都是灵魂的一次健身，生命的一次蝉蜕，妙不可言。

我被叽叽喳喳的鸟儿吵醒，天被叽叽喳喳的鸟儿吵亮。鸟儿既是早晨最卖力的歌者，也是早晨最善意的批评者，如果没有鸟鸣，早晨岂不单调？早晨的伟大在于，既不拒绝被真诚地歌颂，也能接受善意地批评。因为鸟儿的歌唱，早晨无比生动；因为鸟儿的批评，早晨清明透彻。旭日和朝霞因之灿烂，爱和上善为之飞扬。

收集早晨第一缕曙光，第一声鸟鸣，第一颗新露，长年累月，从不间断。我这样做是为了爱与上善的保鲜，为了心灵的灿烂和生命的活力，也是为了每天送给世界的问候不缺正能量。我很平凡，因为早晨，我有心追随伟大；我很愚痴，因为早晨，我无限靠近了智慧；我很冷漠，因为早晨，我有了博爱情怀。

第三部分

秋之沉静：

清平致福，云水禅心。

正确认识自己，洞悉生命的本来面目，积极面对人生。

春天里爱过，才能体会秋的深情

秋的脚步临近，晚风轻柔又凉爽。依偎在这样的晚风中，仿若投身神的怀抱，圣洁而安妥。春天让身体律动，秋天让心灵沉静，我喜欢春的活力，更迷恋秋的安详。春天里爱过，才能真正体会秋的深情；经历了夏的激越，才能更深切地懂得秋的内敛。生命也有四季，秋不仅仅是人生的成熟，更是灵魂的再次飞越。

天亮是早晨的诺言，有诺必践是早晨的美德。早晨说，要给你朝霞，朝霞就灿烂了；早晨说，要给你晨歌，晨歌就嘹亮了；早晨说，要给你旭日，旭日就升起了。我因此热爱并歌颂早晨，由衷赞美早晨的格调，充满希望地等待早晨。为了早晨，我愿意献出自己的全部热情和爱，并无怨无悔地听从早晨指引。

圆 融

晨的歌者，因为光，内心有不可遏止的旋律回荡；因为光，我们的喉咙会不由自主地发痒。朝霞和旭日，信仰和希望，

爱和善良，掠过我们的心弦，弹拨的都是自然和人生的绝响。

立秋日的晨风凉一些，大自然总是遵循它的内在规律。如果这个早晨你有幸和晨风对话，思想里的暑气会消散一些，会更加客观地看待面对的一切。但我们的心依旧热烈，仿佛歌的百鸟，犹如朝霞；我们的爱仍然灿如夏花，在早晨的天空自如绽放。晨风凉了，心不会凉，爱不会凉。

穿行在和煦的晨风里，与熟悉不熟悉的人交换微笑，和不同年龄的人相互问候，我的内心充满感动。湖水清澈，仿佛我明净的心灵；林荫送爽，轻快我愉悦的步履。在夏和秋的结合部，在梦与现实之间，让朝霞披肩，让百鸟伴奏，让内心的美好随清晨的旋律起舞。

薄雾飘渺了山影、湖光和鸟鸣，湿润了我的短发、衣衫及思绪，风摇曳在近处的枝头，传递着岁月的秋凉。没有感伤，步履加快，看不见的朝阳在内心弹奏弦歌，敞亮而激越，清澈而温暖。是的，即使雾蒙蒙的早晨也一样美好，你照旧可以怀想，可以希望，可以爱，可以憧憬生命中的任何奇迹发生。

立秋过后，早晨的天气凉爽了很多，令行禁止，早晨永远是守法的模范。倘若旭日无视时序，朝霞不守节候，早晨我行我素，大自然的律令便形同虚设。社会和国家的法律再完美，如果不被人有效的遵守执行，都是花架子。如若相反，人和早晨一样守法，这个世界就一定和谐有序。我们需要法治，更需要早晨般的自律。

将自己该做的事情做好，将自己该尽的责任尽到，像早晨那样守诺履职，你的人生就不会虚度，生命就不会空转，灵魂就不会无着。做一个早晨那样的人，你会自然而然地发光，会持之以恒地灿烂，你会在潜移默化中得无上的般若。像早晨那样活着，你的内心充满阳光般的正能量，只有快乐，没有忧伤。

此刻，世界一片宁静。旋律单调的秋虫鸣叫声，不仅丝毫没有影响这种宁静，反而使这个世界变得更加宁静。我感觉有一种味道在宁静中弥漫，思想的味道？爱情的味道？生命的味道？都是，又都似是而非。灵魂被一点点抽空，同时被一点点充满，存在感和虚无感相互拉扯，这样的拉扯，让我变成一根游荡的鸿毛。

薄雾笼罩的天气，鸟儿在看不见的地方歌唱，万物在轻纱中朦胧，朝霞在市声之外灿烂，这样的早晨一样美好。该拥有的，早晨一样不缺，该放弃的，早晨从不眷恋，光明和希望的脚步不曾停歇，黑暗和迷惘被远远地抛在后面。拥有缘于豁达包容，放弃则需抉择的智慧。

你见过疲惫不堪的朝霞吗？你见过萎靡不振的晨歌吗？你见过冷漠无情的旭日吗？我不曾见过。在我的心目中，早晨永远激情、丰沛而热烈。朝霞灿烂着希望，晨歌与生命交织，旭日里都是爱的温暖。朋友，我愿意悄悄告诉你：早晨是我活着的理由，人生的动力，精神的方向，灵魂的导师。

我们都是从晚上过来的人，我们都懂得天亮的珍贵。早晨照亮了我们的肉身，但不一定同时照亮了我们的灵魂。人们啊，你们的内心有另一个夜晚，另一个早晨，另一个宇宙，照亮整个宇宙的是另一轮朝阳。唯有内心的早晨和大自然的早晨重合，你才会拥有永恒的生命之光，你的生活和人生才会灿烂。

灿烂是朝霞的本来面目，该灿烂就要灿烂；璀璨是旭日的本来面目，该璀璨就要璀璨；欢悦是晨歌的本来面目，该欢悦就要欢悦。早晨告诉我，人生就是顺自其然，顺其自然才是人生的本来面目。自然赋予我们的生命，最好的生命状态就是自然。顺之则快乐，逆之则痛苦。

这是行者又一个新的早晨的问候。天依旧亮着，太阳仍然升起，我还快乐地活着，问候的热情不减。我的生命总是宁静且亢奋，我的生活总是寻常又非常，我的人生总是爽朗而昂扬。活着并享受每一个早晨相似却不同的愉悦，真诚地问候你们，问候这个世界。我为下辈子积累了无穷的智慧，好开心。

早晨是善的故事，早晨是爱的神曲，早晨是一种幸福的享受。行者膜拜早晨如同宗教，谁说当下信仰缺失，早晨是唯一而崇高的信仰。信仰早晨，信仰善；信仰早晨，信仰爱。善是生命的朝阳，爱是人生的朝露。活在善而有爱的世界里，心灵的天空无限美好。、即使在龌龊的尘世间，我们的生活也不失诗意。

早晨是最高学府，太阳是桂冠大师。没有门槛，一切愿意深造的人，都可以免费入学；不端架子，大师的课程向所有的学生开放，从不收任何费用。没有制度的约束，只有内心的自觉；没有人为的歧见，只有人格的公平。早晨大师将我们缺少的一切交给我们。生命的正能量获得成长，爱和真诚得以张扬。

每一天，都是人生的一次路过

今天的野鸽子比我起得早，接着是画眉，它们用各自的方言歌唱，优美的旋律生动了秋日的晨光。比我起得早的还有小毛豆，小家伙坐在我的脚前，睁着乌溜溜的眼睛，仿佛在静静地倾听。我喜欢这样的时刻，和自然万物一起等待旭日升起，有一种无言的幸福。心中的朝霞一片片地灿烂起来，生命蓬勃，灵魂高飞。

旭日是早晨的信仰，朝霞是云空的信仰，善良和爱是我的信仰。早晨因旭日而朝气蓬勃，云空因朝霞而璀璨多姿，我因善良和爱而充满希望。

像朝霞那样燃烧，让生命的天空不失热度；像旭日那样蓬勃，让灵魂的翅膀充满活力。活着总有理

由，仿佛早晨必须天亮，为良善而来，为希望而生，为爱而成长。因为良善，我们变得博大；因为希望，我们变得辽阔；因为爱，我们变得纯粹，在春光无限的早晨，在一句句真诚的问候声中。

让问候随晨风传送，让上善与旭日同升。问候是一种快乐的分享，问候是一种幸福的天籁，问候积聚人世间的正能量。我们同在一个星球，共同拥有一片天空，问候是璀璨的花树，问候是飞翔的吉祥鸟。大千世界里最简单的语言是问候，最丰沛的情感也是问候。一声问候，一缕爱的气息，一座希望的心桥。

内心自由，人世间就没有任何羁绊；精神快乐，生活中便没有任何痛苦。倘若生命阳光，下雨的日子也是晴天。今晨，分明是被秋雨喊醒，我的心空依然一如既往地灿烂，旭日升起，朝霞满天，鸟语花香。每一天，都是人生的一次路过，我晴朗，这个世界就不会泥泞。

永远保持一颗早晨般清澈的心灵，宁静又灿烂。让所有的涟漪都善良，让所有的希望都扬帆，让所有的爱都开花。热爱朝霞的奔放，热爱旭日的张扬，热爱早晨的辽阔与爽朗，你以赤子那纯净又好奇的目光，为心中的春天勾勒图画。或柔情，或壮美，你铺排渲染，不带一丝杂质地畅想与想象。

我漫步在晨风中，目光被自然的色彩牵引，思想吮吸自然的芳香，我的内心无比安妥。尽情享受早晨的短暂时光，不被脂粉的面具打扰，不必为频生的白发忧愁。林荫道上那片枯黄的落叶，尘封了春天故事，回归本色美丽，仿佛波德莱尔的《恶之花》。此刻，灵魂的真实，人生的真相，和晨光一样清澈。

早晨被昨夜的雨打湿了，秋风又凉了一层，鸟鸣又脆了几分。落叶不是生命的结束，而是重生，太阳照旧升起，秋光一样明亮。

　　真我，善我，美我，早晨赐予每个人三我，这是生命的正能量。接受或不接受，生活会大不一样。三我是灵魂的必需品，每个人都能在早晨得到最佳的补给，请大家不要轻易错过。生活的前提是活着，但生活并非活着那样简单，仿若早晨一定天亮，但早晨带给世界的不仅仅是天亮。

　　我入红尘太深，常常迷途，渴望光照亮我的前路，于是早晨就君临了。我认为早晨是为我而来，你也可以这样认为，早晨赐我以光，以温暖的方向。入红尘愈深，我的名利心愈重，愈心盲，愈迷惘，愈渴望得到自我救赎。还好有早晨，有你们在远处默默地注视，我不再沉沦，一颗上善的心被牵引、被提升。

　　天亮了，梦醒了，心中的旭日升起来。生命中鸟语花香，凋零与我无关，秋风与我何涉？青春的能量充满，爱的翅膀依旧飞翔，永恒不变的初心，拥抱的仍然是如水的上善。

　　人生最大的快乐，就是看到亲友们快乐。人生最大的安慰，就是确切地知道亲友们都安好。人生最大的快感，就是你身体不适时，得到众多亲友的安慰和祝福。我一生所求不多，有上善与友情就已满足。

　　做一个清新的人，清新如早晨的露滴；做一个明亮的人，明亮如早晨的辉光。清新的问候送给天空，明亮的祝福献给大地，清新而明亮的希望伴随你我。我活着，但愿你们比我活得更好；我快乐，但愿你们比我更加快乐。我们拥有共同的世界，我们身处同样的早晨，我们的内心有着一样的善良与博爱。

　　朝霞的前面是曙光，朝霞的后面是旭日。朝霞之美，美在承前启后；早晨之美，美在朝霞满天。尘世间也有朝霞那样的人，他们处在历史的嬗变地带，默默肩负承前启后的使命。时光在奔流，历史在前进，那些朝霞般的人，即便肉身早已消失，灵魂和思想却得以永恒。要做就做朝霞那样的人，你是朝霞吗？

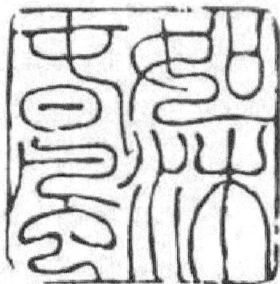

如沐春风

第一声鸟鸣打破了早晨的宁静，此刻是5点48分。我在秋虫的弹奏中已经静坐了一个小时，尽情享受这喧嚣中的安谧。鸟儿和秋虫的合唱，让天又亮了一层。遥望东方，朝霞正从天际一点点娩出，我心中的旭日随之冉冉升起。早晨，我与自然合一，天地与我同在。

早晨，你仔细听，会发现秋虫的歌声也挺美。那是一种生命的旋律，只有欢悦，没有愁苦，虽然造化留给这些秋虫的时日已经不多。活着，就要歌唱，即便是绝响，而我们这些正在旺年的人，为什么不可以时时怀揣一颗快乐的心？虽然外在的样式不同，我们的生命其实并不比秋虫高贵，哪能没有小小秋虫的那份豁达。

早晨第一念，是一天心情的预演。一念善，会愉悦一整天；一念恶，会郁闷一整天。这不一定是适用于每个人的普遍真理，却是行者的生命体验。不管生活境况怎样，不管人生际遇如何，行者快乐多于郁闷，便得益于这早晨的第一念。深怀一颗感恩的心，我的早晨第一念总是阳光多于阴霾，美好胜于龌龊。

我晴朗，这个世界就不会泥泞

季节似乎也很恋位置，今天处暑，是夏秋交接班的日子，夏理应痛痛快快裸退，可是这家伙非要在位置上赖个一时三刻。这不，都已经过晚上九点了，夏还在恋栈，害得我汗流浃背，原本对夏的那么一点残存的好印象荡然无存。夏的热，我们坦然接受了；秋的凉，我们正渴望着，季节也要守季节的规矩啊！

朝阳无敌，所以君临天下；朝霞无敌，所以璀璨万邦；朝歌无敌，响彻四方。热爱早晨的大度，赞美早晨的胸襟，要做就做早晨那样心中无敌的人。心中无敌，则处处无敌；心中无敌，则无人可敌。善行大道，德施乾坤，爱及众生，我们因此灿烂、因此辽阔。我们有限的生命善德永恒，短暂的人生因爱生动。

朝阳的味道，是天下不二的美味，我喜欢就一杯茶细品。早晨是补充生命正能量的最好时光，在朝阳的美味中，享受生命一点点提升的快乐，妙不可言。朝阳并非只善待哪一个人，只要你愿意，就可以分享这份快乐，就可以尽情地吸收这生命的正能量。朋友，都来尝一尝朝阳的美味吧，你会因此更亮一点。

秋日的江南，早晨像稻谷一样饱满，弥漫甜味的鸟鸣，将旭日凝结成一颗硕大的柿子。

有时候朝阳比我起得早，有时候我比朝阳起得早。不管是朝阳等待我，还是我等待朝阳，都是一件非常惬意的事情。见或者不见，我与朝阳之约永恒不变。不怕云翳遮挡，不怕雾霾相隔，我们都会一同灿烂。共同的朝歌，相同的希望，我们以上善之心，在天地间播散光明。行者在安徽池州给大家问候早安。

我在快乐的谋生途中，在没有阳光的早晨奔向太阳的方向。我要用心中的光照亮一些我希望照亮的人，照亮一些我希望照亮的事。不要追问这一声问候为什么迟到，她其实没有迟到，因为她早早就已经启程，一直在路上。只要脚步还没有停下，只要内心的上善依然蓬勃，早晨就不会缺席，春天总会到来。

朝霞不语，无损色彩绚烂；晨鸟多言，方显旋律优美。一静一动之间，暗藏无尽玄妙。伟大的色彩，她的静美不被忽略；伟大的声音，唯有律动才能传递。自然如此，人生亦如此。上善之光无言，却能普照人心；思想灵魂有声，才能唤醒觉悟。早晨教给我们的辩证法，放之今古未来、四海万方而皆准。

太阳很忙碌，但再忙碌也不忘点亮晨曦；行者杂务多，但杂务再多也不能停止上善的问候。我很愿意用一小会时光，编织美好的问候，借晨曦传递到每一个能够接收的角落，每一颗愿意接受的人心。如果你有一个上善的早晨，有许许多多个上善的早晨，你的生命一定会阳光普照，你的人生一定会朝霞满天。

早晨从一幅画开始，所有的线条色彩都是优美的旋律。一幅优秀的画作仿佛一首动听的晨歌，会将你带向灿烂和希望。你的激情和爱会随着流动的线条游走，达致一种空灵。这世界瞬间生动、辽阔、丰沛，上善的气息席卷生命的潮声。

一样的早晨，不同的心境，早晨和早晨从不相同。同或不同，但有一些东西总是永恒不变，那就是我对上善的坚持，对光明和希望的热恋，对爱与美的追寻，对生命和生活的感恩。虽然偶尔也会迟到，内心里也有季节更替，但灵魂中没有阴霾，早晨总是带给我晴朗的心境。朝霞永远，旭日常在，激情不灭。

人生的疲倦和懈怠，缘于生命和灵魂能量的紧缺，早晨的脚步持之以恒，仰赖源源不断的光热。和早晨一样永葆激情、希望、信仰、善良与爱，你就能做一个携光带热的人，你就可以和晨光旭日一样永恒。

暑热去，秋凉来。我不怕夏雨，却不耐秋燥。秋意一起，秋风一吹，我的嘴唇就会干裂，喝再多的水好像都不顶用。尽管如此，我还是挺喜欢秋天的那份沉静、那份高远。落叶带给我的不是飘零感，而是飞的向往。

将往事烂在肚子里，就化成了人生的养料。又是一个美好的早晨，晨光洒满生命的阳台，秋鸟高唱岁月的欢歌，当下的愉悦，每一秒都是那样珍贵。

吸一口正念，吐一片朝霞，点一轮旭日，照亮人间的上善。让正能量无障碍传递，让爱和希望执手光明，灿烂心灵的每一个角落。微笑荡漾朝歌，快乐晶莹晨露，生命如水般清澈。带着这样的早晨出发，你的生活中没有阴霾，你的精神无比安妥，你的人生征途上花团锦簇。

早安，昨晚梦见或没有梦见我的人；早安，昨晚我梦见或没有梦见的人，愿你们一切安好！愿众生一切安好！朝霞如此美丽，让我们一起来欣赏；晨歌如此悦耳，让我们一起来倾听。伸开你的我的他的臂膀，我们一起来拥抱旭日。让上善和爱温暖、愉悦我们的灵魂，让微笑和希望充盈、丰沛我们的生命。

今晨天气很好，微风送爽。我主张以心灵的正能量抵消社会的负能量；倡导通过心灵教育，净化社会风气，引领人类前行；呼吁用非暴力方式，促进社会变革，实现幸福人生。我喜欢朝阳的坦荡，光明的无私；鄙视阴影的龌龊，屑小的诡辩；尊重法律的公正，规则的平等。

美好的生活来自美好的心情。从现在开始，和旭日一起微笑，你会变得无限舒展，心灵的山河将一片璀璨；从现在开始，让脚步踏上晨歌的旋律，轻松上路，你的征程将一路鸟语花香；从现在开始，让上善的正能量充满呼吸，在欢快的血脉涌动中，放飞爱和希望的翅膀，你的生命将因此蓬勃丰盈。

美好生活来自美好心情

清平致福，一世安详。晨光穿过雨的缝隙，带来朝霞旭日的气息，灵魂一片晴朗，生命的园地，依旧花开，没有凋零。秋雨属于时序，和灿烂的心境无关，精神的朝阳永在，生活就不会泥泞。心灵里春意盎然，人生就不缺芬芳。

漂浮在早晨的鸟鸣中，肉身一节节苏醒，灵魂的光照亮秋天的海洋。爱和上善融入海水，化成涌动的朝霞，我的心冉冉升起，生命的路上铺满天使的翅膀。仿佛人生的初年，纯真的气息弥漫在苍穹和大地之间，引领我在多维的世界游走，或者飞翔。

世界给我衣食，朋友慰我心灵，早晨赐我光明与希望。相对于广袤的世界，我何其渺小，而世界不曾弃我；相对于朋友的真诚，我何其虚伪，而朋友不曾弃我；相对于早晨的博爱，我何其自私，而早晨不曾弃我。活在早晨的世界，活在朋友的心中，乃是生命的造化，人生的奇迹，我深怀无限感恩！

站在晨曦中，慢慢咀嚼光的味道，一种绵甜，一种清爽，带给我胜过美食的享受；细细品味朝歌的气息，半分陶醉，十分喜悦，我跟随上善的旋律一路盘旋。云涛破处，紫气东来，旭日君临，红霞如泼，我飞翔的灵魂闪耀光芒。生命被浓郁的朝气充满，吐纳之间，升腾弥漫的都是爱和希望的正能量。

秋风将某人的双唇吹成两片落叶，疼痛的飘零感弥漫着春意，仿佛不死的初心。

透过华美达1202的窗口，我看见一只白色的吉祥鸟，沿着摩天大楼向上飞翔。那小小的白色影子，传递出扑面而来的正能量，仿佛旭日的升起。昨天，一个早晨使者悄然抵达雨中的上海，莫非就是为了迎接这一轮朝阳吗？我相信上善的力量无穷，所到之处总是一片晴朗。

像早晨那样活着，阳光、开朗、清净、纯粹、旷远。带着一颗上善感恩的心，仿佛草尖上的珠露那样，清澈透明，毫无杂质地热爱这个世界。你只有百年的人生，每一分一秒都和早晨一样珍贵，不能辜负造化的恩赐，要努力灿烂每一缕微笑。活着本身就是一种幸福，你没有理由不让生命像早晨那样丰沛。

传出正能量，大多能获得正能量的反馈，即非如此，也是对负能量的一个抵消；投射光，反映的大多也是光，即非如此，也能在程度上驱走阴暗；送出热量，一般都能得到温暖的回馈，即非如此，也能多少驱散一点寒冷。你若读懂了早晨，就知道旭日为什么乐此不疲地升起，朝霞为什么总是那样灿烂。

浪　漫

晨光现处，鸟鸣乍起；新露欲滴，秋风已凉；旭日又升，岁已过半。今天是中秋节，行者在安徽池州，九华山下，平天湖畔，清溪河边，杏花村里，携李白杜牧，借地藏大愿，祝福天下人团团圆圆、圆圆满满，如意吉祥，心想事成，欢喜禅悦！

不要因为夜晚的冷漠对这个世界失去信心，早晨在热情就在；不要因为夜晚的黑暗对这个世界心存抱怨，早晨在光明就在。活到早晨，活在早晨，你就活到了爱，活进了希望，你的人生就不会那样痛苦不堪。活着并感恩，这是生命最潇洒的姿态。

跟旭日一样向上，谁也没本事拖你的后腿；和朝霞一样灿烂，谁又能遮蔽你的光芒？做一轮旭日，让人生激情地向上；当一片朝霞，让生命夺目地灿烂，你就活成了晴朗的早晨，活出了沛然的正能量。

旭日蓬勃，朝霞灿烂，鸟语和畅，窗口的铁树郁郁葱葱，秋意盎然。这样的早晨令人幸福，能够让你忘却岁月的秋意阑珊；这样的早晨只有快乐，没有丝毫的人生感伤。时令的秋天与时间相关，内心的春天与情绪相关，被幸福和快乐充满的早晨，灵魂温暖，生命烂漫。

早晨看见的，我都愿意看见。作为早晨之子，我接受她所接受的一切。接受是为了传递。在接受中传递光明，在接受中传递生命的正能量。我希望众生都拥有一颗早晨之心，高远一点，博大一点，不要让自己的头颅变成脚尖上的阴影。看见了要承认看见，善恶就在你的一言一行，就在你的眼中和心灵。

升起过，发光过，温煦过，这就够了；云遮过，风吹过，雨淋过，又能怎样？旭日就是旭日。朝阳如花，让快乐从早晨开放。人生如花，我们自己不开放，谁也不能让我们盛开。

大是大非问题上，一定要立场鲜明，心有定见。生活琐事上，不必斤斤计较，不妨常来点阿Q精神。

　　早起，站在阳台上面向东方，任自己的神识一圈圈扩大，直至充满整个宇宙，那个叫我的物质不知不觉融化到光明里，与光明一体。当神识从无边无际、无始无终的时空收回来时，旭日和朝霞被纳入胸腔，通体温热透明，没有一点杂质，爱和上善的正能量被凝聚，又喷洒出去，再次充满宇宙。那感觉真好。

　　旭日爬上小区的楼顶，晨风吹亮我的眼睛，朝霞鎏金了天宫的薄云。生命的正能量在我的身体中涌动，上善和爱的气息弥漫升起，我的灵魂被你牵引，踏着晨歌的旋律嘹亮前行。护佑我的天上诸神，将一路伴随我的阳光行程；我热爱的人间众生，是你们送我抵达了般若圣境。

　　夜晚已经过去，太阳已经升起，不管经历了怎样的噩梦，晨风都会为我们抚平。那些已经逝去的生灵，是我们必须活着的原因，在这个速度的时代，天灾和人祸总是并行。是哪一只手制造了夜晚的惊悚？生命之轻何以变得愈发不能承受？早晨醒来的人们，在继续上路的同时，我们要学会叩问！

一切的离去，都是一次归来

　　秋天的路上，有桂花的气息引领，脚步轻盈。浓郁的花香里，飘零的落叶也有春意，一切的离去，其实都是一次归来。不妨在生命里多栽桂树，让花香诗意人生的秋天。

　　天亮了，梦远了，迎接我们的是新的生活，新的人生。不管昨天快乐不快乐，从现在开始，可以选择快乐；不管昨天幸福不幸福，从现在开始，可以选择幸福。昨天已成历史，明天需要期待，把握今天，做对的选择，生命由自己支配，快乐和幸福在自己手中。

　　清晨是美丽无比的，光明泼出山河的色彩，阳光绣出大地的金边；清晨是活力无穷的，鸟鸣奏响生活的旋律，万物传递生命的律动。早安，我的朋友，让我们带着快乐愉悦出发，开始我们新的征程！

　　花儿开在秋天也一样美丽芬芳，我从桂花树下走过，灵魂被你包裹，生命硬朗如初。

早晨醒来，静静地听着鸟鸣，内心的激动袅袅升腾。自然界多么伟大，她容纳不同的个体，迥异的声音，自己也因此变得辽阔而空灵。在朝霞映照的晨风中，我感到了自己的渺小和狭窄，看见了自己的阴暗和龌龊。在这个寻常和与众不同的早晨，我懂得了包容，一度阴暗的心变得晴朗。

早安！朋友。我的真诚问候将伴着晨风朝霞，携着鸟鸣新露，带着温馨吉祥，越过千山万水，抵达你初醒的心田，涤荡起快乐的涟漪。我愿以一己小小的快乐，唤醒你内心的快乐；我愿以一己小小的激情，唤起你内心的激情；我愿以一己小小的良善，唤来人世间的大善。

一个早晨就是一段传奇，生命传奇的链条上，每个早晨都不可或缺。今天的晨风，今天的朝霞日出，是你人生中的唯一，错过了就会永远错过。不知几万几千年的修炼，我们才有幸获得生命的这次偶然，才拥有这个抒写传奇的机缘。朋友，当你完成了必要的能量补给，不要再贪恋夜晚的港口，赶快起航吧！

朝霞钟情早起的人，旭日温暖爱的心灵。奔跑在希望的路上，激情驱散了秋冷；沐浴在阳光之中，世界一片灿烂光明。思想和苍穹融为一体，信念与晨鸟比翼齐飞，你的灵魂前所未有的安妥，你的精神前所未有的高昂。早晨真好，她可以让渺小的生命瞬间变得伟大；可以将生活中的懦夫瞬间变得勇敢。

早晨的摇曳多姿年轻了我的年轮；早晨的美丽旋律放飞了我的心灵。有你，所有的日子都是全新的；有你，所有的希望都是生动的。你的芳馨弥漫我的生命，你的灿烂鎏金我的人生。亲爱的早晨，我的呼吸因你而和畅，我的信念因你而生长，我的浪漫因你而飞扬，我的未来因你而绚烂。

弥漫的晨雾模糊了视野，清晰了听觉，大地的心音，朝阳的节律，在混沌中变得愈加清澈。我行走在鸟语澄碧的林下，水声袅袅的河边，和从未有过的感觉相遇。愉悦的幸福感霍然升腾，生命的心空霞光满天。朋友，假如雾气朦胧了你的眼睛，那么你的另一双眼睛将变得更加明亮，看得见触手可及的希望。

　　天亮，是早晨的本分；升起，是旭日的本分；灿烂，是朝霞的本分。一切伟大的事物，都在默默地尽着自己的本分。孝道，是做人的本分，仁爱是处世的本分，认真是做事的本分，我们如果没有尽到自己的本分，就应该以一切伟大的事物为师，学习如何去尽自己的本分。

　　活在红尘，行走世间，谁能保证自己的灵魂一尘不染？染是一定要染的，无非染的程度不同而已。既然难免要染，就不要怕，你要是有精神洁癖，岂不寸步难行？只要记得常常为灵魂保洁，就算染了也没什么要紧，就怕从不清洗扫除，那样你即使保护得再好，灵魂也一定邋里邋遢。

　　人家问我为什么总是早起，我说我是属太阳的，该升起时候，就一定要升起，不然天怎么会亮呢？别误会，这样说的意思是，我是自己的太阳，我不升起，我的天就不会亮。除了我自己，没有人能够照亮我的天空，每天早起，是为了积蓄朝霞旭日的能量，让自己成为自己的太阳。

　　秋凉的早晨，鸟鸣和朝霞的热度不减，心中有一轮旭日在，爱和上善自然有不变的温煦。脱水的叶子和干裂的双唇，不过季节的小小插曲，主调依然茂盛而温润。生命脆弱又顽强，在时空的生灭之中，我们在不同的维度里悄然穿越。灵魂的翅膀从未停歇，这一生，这一世，短暂也悠长，犹如早晨的轮回，太阳的升落。

　　凡人做到一心不乱，实在太难了。说了这句感慨，有人可能要对号入座了，没错，这一次我说的就是自己。像我这样的凡人，怎么能不被外境袭扰呢？有时候，我的心就是一棵树，风一起，就不由自主地摇曳。所以啊，我平常尽量躲着风，可是，树注定是躲不掉风的，除非将自己炼成一块顽石。

树中的绝大多数顺应了季节的更替，该荣的时候荣，该枯的时候枯，它们的集体性格是随缘。常青树却显得格外另类，它们不会听从岁月的安排，秋风冬雪中依然保持自己的葱绿。随缘有随缘的幸福，独立有独立的快感，做随缘的大多数，还是做独立的另类，各有各的风骚。树如此，人亦然。

岁月的素手，犹如菩提

　　天空洒了几滴雨，仿佛几滴甘露润入心田，正念发芽，正见生长，慈悲与欢喜升腾弥漫。时令的秋天，一样可以是心灵的春季，鸟语花香，世界静好，旭日与朝霞同辉，上善和爱同在。风很轻柔，吹送净土的芳香，我心如莲，静静的步履，无想的吐纳，将生命带向无边的自在。岁月的素手，犹如菩提。

　　怀揣感恩心开启新的一天，这一天便多有快乐，少有烦恼。相较于这个世界的给予，我们的一切付出其实都是微不足道的。

　　做个智慧的实诚人，因为这个世界上有太多聪明的虚伪者。实诚而不被欺负，要智慧打底子，否则你的实诚就会被聪明的虚伪者所利用。今晨阳光温煦，到广阔的天地里去。

　　今晨亮开嗓子的，或许已经不是昨天的那只鸟，但歌声依旧传唱。重要的是歌声，哪一只鸟唱的，大多数听众并不在乎。仿若吃鸡蛋的人，很少在意自己的吃的鸡蛋是哪一只母鸡下的。我想，如果鸟儿和母鸡总是纠结这种被忽略，它们还有没有激情唱歌，还有没有意愿下蛋。早安，我有情无情的朋友们！

人生最大的快乐之一，就是和阳光的人一起做正能量的事。晴朗的早晨，我将这句话送给自己和一切有缘人。早安，诸位吉祥！

曙色是朝阳是旋律，任何季节，任何风雨，都无法将这种旋律打乱。生命如果踏准了朝阳的节奏，就能朝着光的方向成长。我在曙色里，用上善和爱谱写生命之歌，用温暖明亮的色调和晴朗璀璨的心，为灵魂加持。你也一样，乘灿烂的霞光而来，与我的人生结伴，在短暂的百年中获取永恒的能量。

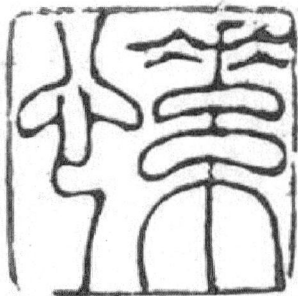

在曙色中醒来，和旭日一道升起，我是属于早晨的，生命和朝歌同律，灵魂跟朝霞一起灿烂。为光明而来，为上善和爱的温暖而来，只为照亮夜晚的心灯变成太阳。这辈子别无所图，只求自己的一生一世与光同在，与热同源。

枝条在风中摇曳，百鸟在树丛歌唱，美丽晨光在大地上尽情 地将水彩泼洒。生命在这一刻变得丰盈，人生在这一刻变得明亮，灵魂在这一刻得以安妥，肉身在这一刻特别畅达。有一种清澈荡漾心 底，有一种欢愉袅然升起。朋友，迈开脚步吧，你的峰峦峡谷在等候；展开翅膀吧，你的天空大海在期待。

素 心

鸟儿们开心地嬉闹，没有一点改观，还是我儿时的样子。一样的早晨，不同的地方，无论是当年的乡村，还是当下的城市，鸟鸣的声音同样明亮。经历一个又一个秋天，旭日和朝霞从未改变，请为我们已然得到的一切感恩，譬如昨天的风雨，今天的旭日；譬如夜晚的梦境，早晨的鸟鸣；譬如曾经的忧郁，当下的欢喜。依然继续的心跳，仍旧顺畅的呼吸，还在流动的思想，没有折翅的想象，以及尚存的爱与善良，都值得我们感恩。感恩是活人的事，逝者不再有机会感恩，所以感恩要趁早。

　　早安！请接受我的真诚问候！成功穿越夜晚的隧道，再次迎来早晨的霞光，我的内心充满喜悦。没有理由独享这种喜悦，我要将它传递给我热爱的世界。每一声鸟鸣都是感恩，每一缕清凉都是感念，每一次呼吸都是美好，每一个念头都是希望，我们必须出发不能等待。

　　鸟鸣越过雨的缝隙，如期而至。站在窗前凝听，耳朵里都是新苗成长的旋律。泥土的芳香，混合着阳光的味道，犹如一杯浓酽的早茶。麦浪滔滔，棉花如雪，水稻金黄，瓜果扎堆，犹如电影蒙太奇，在时光中次第闪过。春雨的回声，幻成夏花秋叶，热烈而静美。蓝天白云之下，庆丰的傩舞，晴朗的心境，令我陶醉。

　　上善和爱搭配，都会有意想不到的效果产生。露变成甘露，风变成禅风，朝霞让生命多彩，鸟鸣使灵魂生动，你的人生会因此价值连城。我是一个粗心的人，却在早晨变得细致，甚至不会放过从黎明到日出的任何细节。

　　旭日的迷人，不仅在于她携光带热，更在于她信守诺言。答应在早晨升起，她就从不会爽约，不管是晴天还是阴天，也不管你看得见还是看不见。旭日才是真正的智者，她知道爽约的代价，一旦信用破产，即便是太阳也会失去光芒。一颗失去光芒的太阳，注定会被另一颗太阳替代。

　　西窗外的一丛红枫，漫向远处的薄雾，犹如朝霞泼出的画卷。仲秋的风在叶尖上颤动地划过，惊醒鸟语，惹出清澈而悠远的旋律。这个薄雾笼罩的早晨，这个秋凉如水的早晨，照样让我的内心充满美感和希望。在薄雾和秋凉的上面，依旧不缺朝阳的眷顾，我只有出发，才能在某个地方与朝阳会合。

　　在朝霞中与山灵水魄相伴，让身心变得通透而充满活力，是一件多么幸福的事情。趁红尘未醒，一切的机巧尚在远处，一个人尽享这透明的时光，我感到轻松而愉悦。薄薄的秋凉，在婉转的鸟鸣中变得温暖，晨风在这一刻非常纯粹，被镀上阳光的颜色，我的思想在无垠中放飞，灵魂遥望安谧的家园。

　　一个人要认识自己，首先必须直面自己，让那个口是心非的自己无所遁形。其次是找到自己内心最阳光的部分，将最龌龊的部分拿到阳光下曝光。最后直面外部世界，公布自己的真实心灵史。如果你能够做到这一点，你才算得上强大，既有强大的自觉，又有强大的自信，你也才算得上一个人格完善的人。

以幸福的姿态面对当下

　　雾蒙蒙的早晨，凉爽中夹带着一丝潮湿，令你唇间的秋燥不再那么强烈。选一条洒满落叶的小径一边行走，一边等待日出，因为一种灿烂的向往，你的脚步轻快，仿佛前面就是春天。湖山静美，犹如梦中常常造访的那个人，让你的魂魄在激荡中达致安妥。这样的早晨，容易让你忘记时序和年轮。

　　静听晨鸟的鸣叫，心中总有一轮旭日冉冉升起，即使在秋雨绵绵的早晨。我说过雨是朝霞的另一种形态，我还要说秋是春的另一个化身，一切都在你的心中，阴晴冷暖都是一种心行。你以一颗欢悦的心看世界，世界何处不美好？你以一种幸福的姿态面对当下，当下即幸福。不要让小聪明遮蔽了大智慧。

　　当吉祥的光照亮你的秋晨，当温软的鸟鸣喊醒你的梦，请愉悦地收拾行装，欢快地跟着朝霞一起走。如果你的信仰曾经迷失，可以在征途上找回；如果你的爱已经动摇，可以在征途上获得坚定。所有的希望也会跟随你的脚步启程，为生命加油，为灵魂补给，为你的人生旗帜添彩。

我一如既往地爱早晨，夜晚再怎么诱人，那是你的爱，不是我的。朝霞和旭日的每一次升起，在我都是一次爱的升华，绝没有你说的审美疲倦；晨光和鸟鸣的每一次交响，于我都是爱的新律。爱早晨是一种缘，无缘的人眼里每个早晨都在重复，我的早晨却常在常新。

将每个早晨当做生命的初生，将每轮旭日视为人生的绝响，你就会对每一片朝霞倍感好奇与眷恋。拿一生当一天来收藏，拿一日当百年来珍惜，你不会局促反而从容，你不会怨愤反而被爱充满，你不会空虚反而无限充实。让灵魂在光明中飞，让朝歌一路伴随。

你即使闭上双眼也不会心盲。早晨睁开眼睛，工作就开始催你。有人喜悦于这种催，有人则心生抱怨。早晨对每个人来说都是一样的，因为工作内容的不同，人们对工作的理解不同，早晨才变得不一样。不一样由我们的心念造成，所谓念兹在兹。喜悦也好，抱怨也好，工作都要继续。

明天就是中秋节了，行者在安徽池州九华山脚下地藏王座前预祝全国人民节日快乐！在中国的传统节日中，中秋节更具象征意义，她是团圆的代名词，精神层面重于现实层面，是一个充满诗意和人情味的节日。然而在当下，中秋节和其他所有的节日一样，无不充斥着铜臭味和权力的腐败味，唯独少了人情味。

年年中秋，今又中秋。行者在安徽池州借微博祝你中秋节快乐安康。今早的第一缕阳光我已为你珍藏，今夜的桂花之酒我已为你准备！让我们带着阳光心态，相聚微博，与嫦娥共舞吧！

我身心愉悦地行走在晨光里，任每一寸肌肤和畅地呼吸；不染微尘的桂花香味润入我的胸腔，驱散星空里郁积的阴霾。在早晨健康地活着真好，夜晚连绵的咳嗽远去，泥泞的梦被晨风吹走，希望和信心的旗帜在生命中重新飘扬！

薄雾缥缈了山影、湖光和鸟鸣，湿润了我的短发、衣衫及思绪，风摇曳在近处的枝头，传递着岁月的秋凉。没有感伤，步履轻快，看不见的朝阳在内心弹奏弦歌，敞亮而激越，清澈而温暖。说真的，即使雾蒙蒙的早晨也一样美好，你照旧可以怀想，可以希望，可以爱，可以憧憬生命中的任何奇迹发生。

一千只鸟就有一千种鸟鸣，一千个早晨就有一千种日出，一千个人就有一千种问候，所以只要我们愿意，就有写不完的鸟鸣、日出和问候。虽然一和一千远隔千山万水，但再多的一千都必须从一起步，这个一便是我们内心的上善和爱。爱和上善是生命的引擎，因为她，我们才有抵达大千的力量。

穿过绵绵秋雨，早晨被蒙上一层薄薄的轻纱，仿佛翩翩起舞的神女。一双双看不见的手掠过琴弦，晶亮叶尖的珠露，树丛间的鸟鸣被纷纷摇落。我不由自主地伸出双手，想掬起一些旋律，却捧出一片朝霞。轻轻掀开薄薄的轻纱，我被清澈的晨光包裹，内心激越，灵魂敞亮。

秋雨淅沥，云层厚重，这一切丝毫不影响你的愉悦，因为这是早晨，有穿越心空的光，有清澈胸廓的空气，有从不缺席的鸟鸣。在这样的秋晨，你会享受一种被洗礼过的感觉，你的生命和红枫一样灿烂，你的精神光谱远接云层之外的朝霞，你的灵魂照样充满阳光，信仰的帆依然升起，在希望的海洋之上。

心花怒放

秋雨已歇，薄雾犹在，鸟鸣如常，枫叶红透，这样的早晨看不见朝霞，但我的心中依旧灿烂。这是另一道朝霞，会随你一起上天，随你一起落地，跟你一道前行。你的心灵不会暗淡，你的旅途没有阴霾，你的快乐将被点亮。朋友，心中有朝霞，这个早晨无论怎样都属于你，信心希望和爱依然在生命中高扬。

存一颗恬淡的心，做一个积极的人。你看朝霞，安静却不失热烈；你看旭日，低调却又张扬。根的默然付出，是为了树的枝繁叶茂。人无信不立，世无信必衰。许诺不可随便，有诺不践，是对信的透支。银行卡透支，可以挣钱来还，信用一旦透支，就是还不清的债。个人失信，被人不齿；群体失信，为世所弃。

快乐别人，也快乐自己

早晨，随晨风鸟鸣一道，与朝霞交流，和旭日对话，你的每一个毛孔里散发的都是正能量。内心澄明而辽阔，灵魂纯洁而安妥，你的血脉跟着大自然的节拍跳动，那旋律胜似最流畅的书法，最优美的诗歌，最有力量的舞蹈。在旷阔无边的苍穹里，你幻成一双翅膀，在意念的引领之下，飞往任何你想去的地方。

旭日或许并非为了照亮大地才升起，却普照了大地；朝霞或许并非为了装扮天空而喷薄，却灿烂了天空。世界上的许多美好并不是刻意为之，宇宙间的许多恩惠大多是意外降临。在我们的一生一世里，对一切的赞美都要存感恩之心，快乐了别人，是因为你需要快乐；布施了智慧，是因为你需要般若的福报！

我从没见过太阳偷懒，面对大群广众，或是隔着厚厚的云帘，太阳一如既往地赶路，周而复始，从未停歇。太阳只管践行自己的使命，不在乎谁的评头论足，也不会因为谁的揣测和抹黑而失去光辉和温暖。太阳有太阳的路要走，没有工夫和不相干的人计较。

秋雨落在江南的早晨，凉凉的，清清的，绵绵的，甜甜的，令人醉醉的。在这样的早晨出发，去山里，去乡间，和农民一起闻稻香，话桑麻，是一件多么惬意的事情。现在就出发，抽空晒我的行程和大家分享哈。

乡间的早晨和城里的有什么不一样？天亮早一些，因为没有高楼遮挡；秋风软一些，因为怕惊散了炊烟，人也爽朗一些，因为视界更加高远。朝霞鎏金的大地活色生香，鸟鸣划破的天空七彩斑斓，你的脚步没有羁绊，你的思想无边无涯。灵魂飞跃，生命畅达，仿佛在人生的原点再次出发。

鸟儿们在树丛里自由自在地飞来飞去，随心所欲地唱着歌。以这样一种无忧无虑的方式迎接天亮，享受旭日和朝霞创作的早晨时光，那份惬意，简直无与伦比。像晨鸟那样活着，远离内心的黑暗阴郁，拥抱灵魂的云淡风轻，多好！

转过背来的一瞬间，朝霞就那么随手一挥，泼出的七彩便在天际流溢开来，仿若女神曼妙的舞蹈，明亮、生动、沁人心脾，令人迷醉。思绪在时光岁月中奔涌，种菊南山下的陶潜，把酒问青天的李白，快哉亭上的东坡——在流光中闪过。这些宿酒未消的诗人缺席晨歌，留下早晨旋律，等待我们吟唱。

今晨鸟鸣依然，我却未听出美妙旋律，听到的只是叽叽喳喳，甚至吵吵嚷嚷，其实不干鸟事，乃是我的心失静了。心喧则耳闹，在你听来，世间的一切声音，再美妙都是杂音。我被负情绪逆袭，这个早晨似乎有点阴郁且杂乱无章。其实早晨还是那个明亮的早晨，是我自己一时陷在了无明，所幸还有觉。

以豁达的性格处世，以谦卑的心态待人，这个世界便和早晨一样明亮、清澈、辽阔而灿烂，你的生命也会和早晨一样清新、爽朗、昂扬而畅达。假如曾经被伤害，朝霞会给你最真诚的抚慰；假如曾经迷惘过，晨歌会带你踏上希望的旋律。朋友，那就让我们怀揣豁达和谦卑、信仰和爱，继续我们的人生。沐浴初升的太阳，我被早晨的正能量充满，寒秋被挡在阳光之外。

太阳是最坦荡的君子，朝霞是最本色的美人。坦荡的君子配本色的美人，才是真正的绝配。倘若这世间男人都向太阳看齐，女人总和朝霞媲美，那么这样的人间真是胜过了天堂。君子不一定高富帅，坦荡第一；美人不一定修富白，本色为要。我劝天下男女常起早，比比太阳，学学朝霞，人生或许不一样。

晴朗的早晨，捧一本喜欢的书，在任何一处水边草滩，对着朝霞朗读；在任何一处林中小径，和着鸟鸣默诵。想起那些晨读的日子，你的心会再一次青春，曾经烂漫的怀想，犹如旭日，普照心空，藏在角落的那丝悸动依然没有停歇。梦想在晨读中起飞，爱情在晨读中学步，那本书，那个人，那样的早晨。

我的梦被带上云端，与日月星辰为邻，和无垠的宇宙融为一体。没有前世，也没有来生，只有这幻灭不定的当下，我在梦里，又在梦外，轻盈的灵魂和笨重的肉身，时而合一，时而分离。在静谧的喧哗中，我享受无尽的禅悦，上善和爱让我的心无限安妥，你在或者不在，都从未须臾离开。

尽量别错过每一次日出，错过了这一生再也无法弥补。每个日出都是唯一的，每个早晨绝对无二，就像生命中唯一的爱情，错过便不可追。别不在乎肉身，它是灵魂的承载物，它若怠工，难免耽搁灵魂的飞行。

清晨之美，在旭日朝霞；夜晚之美，在星辰月亮；青春之美在激情梦想；行者之美，在流汗禅悦。

两三只不知名的鸟儿从窗前飞过，瞬间没入邻家的屋顶。晨风在枝头轻轻摇曳，一片金黄的树叶和鸟鸣一起滑落。朝霞穿过清冷的薄雾，仿佛夜晚越过浅浅的梦境，天空渐渐明朗而高远。激情在心中冉冉升起，爱和希望在信念的光芒中飞翔，世界被你的气息围裹，生命之弦再一次被你缓缓拨动。

　　仍然会不由自主地想起你，想起你依旧会触动内心的深情。你是我这一生的幸福和安乐，你是我这一世注定逃不脱的缘。你就在清晨的鸟鸣声中，你和朝霞旭日同体，无论春夏秋冬，任他阴晴雨雪，你从未须臾离开。生命被你唤醒，灵魂被你注视，内心的上善和爱被你加持，我暗淡的时候总会被你点亮。

　　是梦就一定会醒，是云就一定会散。醒不是与梦的相离，散不是对云的忘却，醒是梦的结局也是开始，云散了云还会聚。世上的因缘最是奇妙，因为这种因缘，醒成了梦中的回味，梦成了醒时的怀想，云散云聚其实都是一种眷恋。

我又一次被朝霞灿烂

微雨的秋晨蒙上了一层薄薄的轻纱，仿佛美丽女神在曼妙地舞蹈。鸟鸣的旋律，枫叶的情愫，潮湿的气息，伴随女神的舞姿荡漾、弥漫、铺展。一种热烈，一种渴望，一种爱渐渐充满我的胸廓，生命被轻轻托起，在无边无垠的时空里飘飞。越过秋冷，越过雨雾，越过人生的中年，我又一次被朝霞灿烂。

一个早晨就是一次复活，灵肉得以更新，人生回到初年，快乐实现轮回，生命再次出发。朝阳引领心灯，灿烂交相辉映，天地万物友我，诸神都来加持，我是亮的，乾坤亦处处光明。每个早晨都是全新的开始，梦想自由成长，翅膀任意飞翔，你所遇见，都是微笑的花朵；你所获得，都是上善和爱的温馨。

喧闹的鸟鸣，静谧着早晨时光，我却不能继续安睡，爱和上善掀开薄薄的凉被，和朝霞一道催我启程。虽然不再青春，心却依然律动，曾经的遇见，即将的遇到，都让我不敢老去。就像那轮古旧的旭日，总是在早晨蓬勃常新，从不让一个等待失望。

今晨的鸟鸣给我错觉，以为自己置身30多前的乡下，因为我从鸟鸣声中闻到了水草的味道。春天，旭日启程的时候，这样的味道便从老屋门前的龙溪出发，一路弥漫，然后从门缝和窗棂间挤进屋里，包裹我懒懒的睡眠。梦越变越浅，一种陶醉安妥了我的肉身和灵魂。在这个城市的秋晨，我又一次深刻体味。

春天是水草的味道，夏天是知了的味道，秋天是土粪的味道，冬天是火桶的味道。这是些极其顽固的味道，童年的一次熏染便终生不会忘记。当你在忙碌中略得空闲，当你遭遇人生的大喜大悲，当你的年华渐渐老去，这些味道总会在不经意间悄然弥漫，有着淡淡的伤怀，也有隐隐的喜悦。

我相信今晨的鸟鸣同样被你倾听，即使一切都变了，但早晨依旧，我们内心的上善和爱依旧。心灵的正能量仍然似旭日初升，朝霞正起，晶莹的晨露仍然晶莹，我们曾心心相握，走过春，走过夏，就不会在秋天随意放手。或许曾经怠慢，甚至辜负，那一定是出于无心，阳光一直灿烂，风雨后还有彩虹。

同样的早晨鸟鸣，有人听出的是愉悦，有人听出的却是烦恼。鸣者或无意，听者却有心，你的心境决定了自己对外界事物的看法。你有一颗澄明宁静的心，听世界上的一切声音都是天籁；你的心浑浊又嘈杂，虽蓝天白云也视若无睹。

昨夜，你在我的梦里一闪而过，我没有追，因为知道追不上。追不上的我从来不追，就当你是一道属于时间的风景，被我偶然遇见，看一眼就够了。有些爱只能在梦中发生，我却不能在梦里耽搁太久，因为不敢错过早晨。你可能永远不再出现，但我依旧愿意在晨光中等候。

每一个清晨都值得拥有，许多人却放弃了；每一轮旭日都值得珍藏，许多人却错过了。放弃的理由很简单，睡不饱；错过的原因很实在，起不来。想想也难怪，在这个被速度追赶的年代，习惯了白天和黑夜颠倒的生活，许多美好不容你不放弃，许多机缘不容你不错失。

　　晨曦中，上善和爱的太阳从心中升起，我的世界一片祥和。灵魂清澈，犹如晶莹的晨露生命欢愉，仿佛轻快的晨歌。渺小如我，伟大如我，都是天地间唯一，我的颜色，我的声调，甚至我的信念，无一不与这个世界相关。天空清朗，大地安宁，有我的分享；人情冷漠，世间戾气，有我的责任。早晨教我懂得了取舍。

　　我信仰太阳，因为她是我的宗教。我需要光，太阳就给我光；我需要温暖，太阳就给我温暖。太阳从不计较我富有还是贫穷，也从不管我是伟人还是凡夫，我不求她照样给予。太阳无私的付出，让我不敢贪婪地索取；太阳无言的示范，引领我心悦诚服地追随。

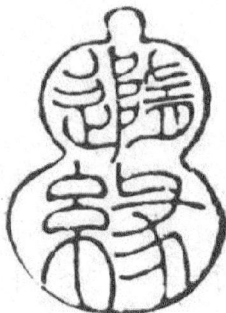

　　我有两个太阳，一个在天上，一个在心里。当两个太阳合一的时候，也是我身心最安详的时候。为了

随　缘

获得这样的安详，我心甘情愿地早起，心甘情愿地在晨光和鸟鸣中等待日出。上善和爱需要安详的心灵承载，心灵的力量需要上善和爱传递。我若安详，这个世界就少一分嘈杂；我若安详，人世间便多一点爱与上善。

　　昨晚梦中的某个章节戛然停止。这个早晨变得和我的心一样晴朗，朝霞宛如春天的花开，鸟鸣胜过春草的茂盛。上善和爱如常，在禅悦中氤氲升起，比旭日的姿势还要动人。我灵魂的笑脸，跟随觉悟的文字，飞到你的花园。亲爱的，将手递过来，我要带你去看生命中的阳光故事。

　　旭日不因谁的喝彩而升起，朝霞不因谁的赞美而灿烂。鸟儿为自己歌唱，春光为自己明媚。快乐自己兼快乐他人，才是真快乐；璀璨自己兼璀璨他人，方为真璀璨。我们都没有那么伟大，却因为自利利他才不再那么渺小。自己没温度的人何以温暖他人，自己不阳光的人何以照亮世界？

　　让心像天空一样辽阔，让善良和爱的翅膀像朝阳一般明亮。人生的格局越大，生命的局限越小。我们只要不断做大人生的格局，生命的局限就自然被一点点突破。心灵是人生格局的设计和缔造者，请善待。

没
有
秋
意
阑
珊
的
伤
怀

在很久没有下雨的江南，旭日和朝霞今晨化为甘霖，润泽秋天的大地，滋润我渐渐干渴的心田。如果生命中没有秋意阑珊的伤怀，秋雨也有春霖般的喜悦；如果灵魂里依然渴望，秋雨中一样不缺阳光。上善和爱是不随季节更替的正能量，无论春夏秋冬，不管风霜雨雪，爱和上善一如既往，永驻心间。

今早起来，我一直盯着电脑做活儿。天是什么时候亮的，太阳是什么时候升起来的，我全然不知。几只鸟儿在窗外叽叽喳喳，将我从一种思维中拉出来。我站起身走到窗前，发现这几只鸟就站在不远处的树枝上，对着我的书房在叫，见到我时，她们叫得更欢了。我听懂了，那意思是：别忘了每日问候啊。

一些人活着，是为了另一些人更好地活着；一些人活着，是为了另一些人活不好。无论何种活法，都不如自由地活着好。每个人在静谧和喧嚣中等待朝霞，用上善和爱拥抱旭日，让生命的正能量在晨风和鸟鸣中传递。时间在走，世界在变，我的心却不愿因此摇摆。理想在前，希望不灭，既然选择了光的方向，就无需改弦更张。

进入11月的第一天，旭日蓬勃，朝霞灿烂，鸟语和畅，窗口的铁树郁郁葱葱，春意盎然。这样的早晨令人幸福，能够让你忘却岁月的秋意阑珊；这样的早晨只有快乐，没有丝毫的人生感伤。时令的秋天与时间相关，内心的春天与情绪相关，被幸福和快乐充满的早晨，灵魂温暖，生命中鲜花烂漫，笑语声喧。

今晨的问候迟到了，好在旭日朝霞晨歌没有迟到，其实，这世界不缺我的这一声问候。我的童鞋们如今都正能量充满，你们的问候也是我的问候，但我还是希望自己的一句问候汇入和声。此刻阳光灿烂，秋树静美，内心欣悦，相信你我的感觉是一样的，上善和爱的气息升腾，快乐而幸福！

天亮是早晨的态度，希望是人生的态度。因为旭日，早晨远离了黑暗；因为生命的正能量，人生不再绝望。一切皆取决于你的态度，态度来自我们的内心，内心有一轮太阳，生命便充满正能量。

在灿烂的时刻带着灿烂的心情开始全新的人生旅程，信仰是你最大的本钱，行动是你最雄厚的实力。沿着光的方向，朝着希望的目标，我们使命就是前行！

今日错过鸟鸣，现已日上三竿。白花花的秋阳犹如夏日，晨风已远，汗湿衣襟。江南的季节因为早晨的缺席错乱，犹如我错乱的生物钟。

　　每天睁开眼睛，做不完的事情正等着你，那是一种幸福，说明你的生命还没有生锈。早晨是幸福的，百鸟有唱不完的歌，晨风有走不完的路，朝霞有用不完的情。如锃亮滑轮不停地运转，生活的繁杂在早晨变得简单，人生的丰富在早晨镀上色彩，生命的灿烂在早晨补充能量。幸福早晨永远不会生锈。

　　我总有一种冲动，让自己变成一个巨大的容器，并用它来收集朝霞、晨风和鸟语。然后，将这个珍贵的容器送给我热爱的人，让他们在风雨的人生路上随取随用。如果真的可以，我的生命便被赋予了永恒的美好，我所热爱的人生活中从此也不再会出现阴霾，灿烂、旋律和快乐将一生拥裹着我们。

　　早晨，在雨声中醒来，隔着一层雨水的距离，鸟鸣声有些遥远，却依然清晰。湿漉漉的梦境渐推渐远，爱与上善穿过雨的缝隙，闪射着激情的光芒。大珠小珠落入温润的花蕊，荡起清脆的涟漪。旭日和朝霞按既定的路线启程，雨的背后，阳光璀璨夺目，草叶继续享受摩挲，闲适而安妥。

　　一只灰喜鹊站在窗外的枝头反复吟唱，在早晨的薄雾中，它的吟唱朦胧而喜悦。我伫立窗口倾听，内心升腾起一股热流，激荡成朝霞的灿烂。丝丝秋凉和我的咳嗽声袅起一种苍茫，在苍茫的远处，有一双看不见的翅膀飞翔。早晨在，歌声就在，激情就在，信心和希望就在。

　　当吉祥的光照亮你的秋晨，当温柔的鸟鸣喊醒你的梦，请愉悦地收拾行装，欢快地跟着朝霞一起走。如果你的信仰曾经迷失，可以在征途上找回；如果你的爱已经动摇，可以在征途上获得坚定。所有的希望也会跟随你的脚步启程，为生命加油，为灵魂补给，为你的人生旗帜添彩。

　　吹落了多少片叶子，就吹生了多少个希望，秋风和春风本质上没有什么不同，一样的辽阔，同等的悲悯。今晨，秋又深了几许，朝日有着夕阳的味道，都不失光芒，都蕴含着温暖。临近的冬雪和已去的夏雨，其实是一体的，都是云水的分身。我和曾经的我是一回事，不必依恋，不必丢弃，犹如春日与秋阳。

起床，洗漱，喝一大杯凉白开，一天的生活就这样启程。看是单调重复的仪式，其实并不然。鸟鸣的音符不同，晨光的韵律不同，空气的味道不同，时光的速度不同，于是，便有了天壤之别。

生能尽欢

赶稿，刚完成一篇，还有一篇刚刚开了个头。今晨，我向旭日朝霞告了个假，也只能在赶稿的间隙听鸟鸣。此刻，现在，就这会儿，我正在小憩，一边看书房窗外的风景，一边给你们问候。不要嫌我这声问候的纯度不够高，似乎夹杂些劳作后的疲惫，好在它不缺阳光，一样真诚，该送的祝福都满满送给了你。

让旭日点亮心空，让朝霞灿烂心境，拥有一颗环保而有爱的心灵是人生至福。你是亮的，就不怕被抹黑；你是灿烂的，就不恐惧阴郁。

第四部分

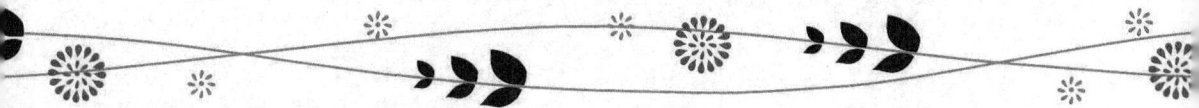

冬之旷远：

雪爪鸿泥，欢喜蝉蜕。

不急躁，不惶恐，生活和白雪阳光一样安静。

初冬的乡村风韵犹存

初冬的乡村风韵犹存，那种成熟的美依然会深深吸引你的目光。河流瘦了，记忆里还是涛声；河床醒了，仍然是一片沉静。金色的底子上蓬勃着青葱，远处的村庄仿佛梦境，一两句狗吠，似有如无的鸡鸣，弥漫着一种沉醉，犹如渐入佳境的爱情。

早起，为自己加个油，替自己喝个彩，然后带着微笑启程，一路播撒阳光快乐、爱与上善。我们能够感知的早晨最多也就三万来个，三万来个旭日要好好收藏，三万来片朝霞要尽情灿烂，三万来首晨歌要开心地唱。弹好每一天的序曲，写好每一日的开篇，生活就是节奏优美音乐，人生便成百读不厌的美文。

看窗外树上的枫叶又少了，却没有一点伤感；任微风吹过惺忪的身躯，却没有一丝寒意。初冬时节，朝霞一样充沛，晨歌一样饱满，我的心灵一样灿烂。心中有希望，这个世界即使凋零也一样美丽；生命里有旭日，这个世界即使飘雪也不寒冷。朋友，你也有自己的早晨，也有属于自己的旭日和希望！

好久没听过这么热闹的鸟鸣了，今早的鸟儿咋都这么开心呢，是在赶周日的什么大集，还是在参加什么快乐主题的Party？初冬的早晨，我从鸟鸣中听出的却是春天的味道。是鸟儿们错乱了，还是我的错觉呢？且不去管它，反正这样的时光是值得享受的，感恩自己没有错过。

早晨看见朝霞，我的心中依旧灿烂。这是另一道朝霞，会随你一起上天，随你一起落地，跟你一道前行。你的心灵不会暗淡，你的旅途没有阴霾，你的快乐将被点亮。朋友，心中有朝霞，这个早晨无论怎样都属于你，信心、希望和爱依然在生命中高扬。

揽第一缕晨曦入怀，在鸟鸣的旋律中静默，感受着早晨的心跳。此刻，不管你在梦中还是旅途，在东方还是遥远的国度，夜晚或黎明，清晨或黄昏，都请接受我送给你的一轮朝阳、一脉晨风，愿你的梦境因此灿烂，愿你的脚步因此轻松，愿你的身心因此爽朗，愿你的信仰因此坚定。我的早晨也是你的。

天冷了，连鸟儿也开始贪恋早晨温热的被窝了吧？我照常醒来即起，倒不是不怕冷，而是压根儿没感觉到冷。我贪恋旭日总是胜于被窝，无论什么样的季节，什么样的天气，每天早晨，在意识进入大脑的刹那间我便看见了旭日，那是内心的旭日，温热又灿烂。心中有一轮旭日在，你的人生就永远温煦。

早晨最无私，你若需要，她必然给予；早晨最公平，普惠众生，她没有分别；早晨最宽容，你的缺席，她从不抱怨。早晨就在那里，我们没有理由不去拥有，倘若错过，我们错过的不仅是早晨本身，重要的是，错过了向早晨学习的机会。

早晨为什么常在常新，朝霞为什么不失灿烂？因为太阳将夜晚还给了夜晚，将星辰还给了星辰。太阳以其取舍有度规律作息，成就了早晨的永恒。而我们却因为不能像太阳那样严格作息，错失了多少个本该属于自己的早晨，黯淡了多少本该属于自己的灿烂！

冬已至，春将来，雪之后，花会开。感恩岁月中有四季，感谢生命中有轮回，太阳有升落，人生有起伏，冷暖交替，恨爱相随，活着才不单调，世间才有阅不尽的精彩。冬至日，我将这段话送给所有的有缘人，愿大家遇缘随缘，随遇而安，一世安详。

慢一点，让你的生活跟随晨歌的节奏，细细品味那舒缓优美的旋律；慢一点，让你的灵魂等一下升起的朝霞，看朝霞怎样精心地鎏金天空和大地。人生的脚步太快，你会错过许多本该属于你的早晨风景；生命的节奏太快，你会踏乱原本流畅的早晨琴弦。我们本就是一个短暂的偶然，没有必要那样匆忙。

想遥远的五百年后，你会觉得这一生才不过是生命的开始，顶多也就是早晨八九点钟的太阳，想不朝气都不行啊。用那么一点点时间操操五百年后的心，换这一生旺盛的生命力，岂不很超值？这世界无奇不有，所以我们的好奇心永远无法停歇。老觉得人生太短，时间不够，生命总是难以重尽层层叠叠的好奇。今晨的鸟鸣和昨天的一样吗？当下的我和过往的我是一个人吗？我常常不由自主地发问。无穷的好奇，引领我们前行，带着一颗探索的心。时间一点点夺走容颜，好奇让我们不敢老去，这就是人生真相。

熹微的脚步踏醒浅浅的梦境，鸟鸣温暖的颜色涂上心的窗棂，我清亮的呼吸中袅然升起朝阳的味道。该启程了，霞光铺满冬天的道路，别错过在你生命中短暂停靠的那辆列车。带着上善和爱上路，灵魂中便能量充满，再孤独的行程也不寂寞，再寒冷的天气也有温暖。

我有一念善良，念念都是善良；我有一念真诚，念念都是真诚；我有一念

美好，念念都是美好。作为俗人，难能不生一念，不存一念，念既有生，不可遏制；念既有存，欲弃也难，不如时时修炼，固守真元，任阳光照彻心空，凭和风流畅心田，如此念念必然是正念。

我为光而来，我天然地亲近太阳，也喜欢灿烂星辰。我来自黑暗的过往，还要去向黑暗，光是永恒之黑暗中的短暂奇迹，我不能不尽情分享。于是你们懂了吧，我为什么热爱早晨，总是歌颂朝阳；又何以醉心夜晚，总是迷恋星光。

谁装点了你昨天的风景

早起，揭开一个新的日子，我看到的不是日历变薄，而是欣赏已有的人生变厚。那些翻过去的日子并未走远，而是被我一一收藏，每一页日子里都储存着旭日的灿烂，斜阳的静美，生活的味道，心灵的气息。

谁装点了你昨天的风景，谁惊扰了你昨夜的梦?谁让你愉悦或忧郁，谁惹你快慰或痛苦？这些已不重要，就让它们和夜晚一起封存。日子被明亮早晨刷新，迎接你的是全新的生活，等待你经历的是不一样的人生，你必须轻装前行，让朝霞灿烂你的心境，让微笑伴随你的行程。

你们沉睡或者醒来，在梦中还是路上，都一样受到光明的眷顾。朝晖热爱你们的思想，晨风眷恋你们的身影。因为你们，天空没有忧郁，大地不再寂寞。我是行者，愿意为你们收集星光，也乐意为你们储存晨露。你醒或者未醒，你要或者不要，它们都在我的行囊里。

我时常痛苦于自己灵魂的卑鄙，肉身的贪婪；我向往太阳的风骨，白云的悠闲。我为这一世的人身悲欣交集，流连忘返，无所适从，人是多么复杂的动物，人道是多么复杂的所在。假如有来世，我只想做一缕清风，一朵白云，一只飞鸟，一尾游鱼，甚至虚空里的一粒微尘，或者什么也不是。

芬芳的鸟鸣生动着晨曦，生发着希望。一些鸟儿在歌唱，一些鸟儿正出壳。你看东方的天际，旭日的脚步声响起，朝霞正在梳妆，为了这一天的新禧。站在冬天江南，没有一点寒意，内心的阳光晴朗了生命，温暖着灵魂，我以最虔诚的方式接受早晨的善意。

倘若没有阳光的心境，一万颗太阳也照不亮你。结冰的情绪，要靠心中的太阳来融化。每天为心积蓄一点能量，生命方能散发光热，太阳从不为你升起，你才是你自己的太阳。

小胜靠运气，大胜靠德行。运气就像墙头草，风一吹就容易倒。让灵魂在光明中飞，让朝歌一路伴随，你即使闭上双眼也不会心盲。你有走运的时候，就有背运的时候。德行仿佛存款，日积月累地存，本息就会越来越多，你不支取存款永远就在那儿。运气好的时候，千万不要自以为是，因为除了运气你什么也不是。德行是积来的，德积大了，运气的好坏就得没那么重要了。

让我们从早晨开始，每时每刻都充满智慧。灵魂在此刻安妥，任佛光缓缓抚过。禅是鸟鸣中的安静，禅是铁树上的花语，禅是邻楼东墙的朝阳。一念禅，念念禅，禅无时无处不在。

风飘逸了朝阳，爱律动着心灵，我在西窗铁树的叶尖寻找花路，你在天上白云的缝隙吮吸阳光，这个早晨因此与众不同。从没有一个日子是简单的重复，一成不变的是我们自己。许多人感叹人生的单调，是因为他们不懂得如何将简单的生活过精彩。你若朝阳，心必敞亮；心若晴朗，你必阳光。朋友，今早将这句送给你，也送给我。存一颗欢喜心，再喧嚣的市井声，你都能听成最静美的音乐。心是灿烂的，这个世界就处处琉璃。

　　在灿烂的朝霞中携手启程，于晶莹的朝露里共生禅悦。将一切过往窖藏，酿成生命的回忆；拥抱当下的光，让生命更加璀璨。处在生命的逆境，要有自以为是的倔强；走在人生的顺境，要有自以为不是的忧患。世间的一切思，一切行，都要辩证地理解，辩证地运用。

游心物外

　　大自然不是任人打扮的小姑娘，她的美与生俱来，已达极致，任何人为的梳妆，都是对美的伤害。造化的高明在于，他在创造大自然的时候预留了人类的活动空间，只要不格外的贪婪，对人类而言，这些雪原是美丽的幻觉，纯粹是浪漫的假象，当春风揭开了真相，丑陋和美丽便无所遁形。

　　冬天是一个假设，答案在春天，而且不需要求证，这是我厌恶结冰、渴望消融的唯一原因。生命的真实或许不那么好看，但接受是不可回避的命运。

　　我站在夜与昼的边缘等待日出，等待希望冲破云涛；我站在信仰和迷信的边缘等待天亮，等待光明穿越黑暗。我和晨曦有个约定，一定要在朝霞升起之前送我的灵魂回家，我不想错过晨歌的第一枚音符；我和季节曾经立盟，一定要在春天来临之前将我叫醒，我要看一看梅花如何傲霜顶雪。

　　下辈子，我要变成一只喜鹊，每天在高高的枝头迎接朝阳，用最美的歌声向刚刚苏醒的大地报喜。我追求单纯的快乐，我崇尚简单的幸福，我的歌声不需要复杂的旋律，清澈安详就好！这辈子，我以问候的方式收藏早晨，为下辈子累积上善，我只有禅悦，没有寂寞。我相信在另一个维度上，也是朝霞满天。

鸟妈妈用婉转的歌声赞美朝霞，尚未出壳的小鸟不以为然：朝霞是什么东西？值得你这样为她唱赞歌？鸟妈妈说：孩子，等你出了壳，就会知道朝霞有多美，又是多么值得我们为她歌唱。如果鸟孩子并未因此信服，甚至因此嫉妒朝霞分走了母爱：朝霞有什么好，我一生都不想见她。结果它就会真的卡死在壳中。

我，改变不了春华秋实的时序；我，更改变不了日升日落的规律。但我可以改变自己的心境，享受朝晖和花朵带来的愉悦，咀嚼晚霞和果实本身的余味。我喜欢浪漫的风车，不做堂吉诃德；我热爱灵魂的自由，但不必以卵击石。遇山不一定非要开路，逢水不一定非要架桥，用另一种方式同样可以前进。

将手递过来，我们一起去灿烂

当新年的钟声在世界上次第响起，我在想，这样的晨钟一定代表希望，因为钟声之后就是晨光，晨光之后就是朝阳和旭日。其实这也是你的他的众生的想法，没有人能够洞悉未来，也没有人真正相信所谓的末日预言。

我看见你的微笑灿烂在晨光中，我听见你的呼吸游动在晨曲里，我闻到你的气息漂浮在天空大地。在北方以北，南方以南，无论是凛冽的朔风，还是温润的细雨。我骑上心灵的银马，扬起希望的银鞭，沿着梦想的方向绝尘而去。早晨，我属于你，你也因此永恒在我的生命之中。

生活可以像朝霞那样丰富多彩，也可以像清水那样简单透明。人不是为了外在的形式活着，而是为了内在的生命活着。上善、爱和希望，这些充满生命质感的东西，是一个人生活中不可或缺的东西，这些东西的有无，决定着你生活的价值和美感，与形式无关。

人遇好事，谢天，天不语；人遇坏事，骂天，天亦不语。不因人谢而飘飘然，不因人骂而戚戚焉，好事在人，坏事也在人，与天何干？早晨依旧天亮，朝阳仍然升起，走自己的四季，行自己的风雨，看似无动于衷，实为大肚能容。天不受谢，天不惧骂，天却有上善的仁慈，天在沉默中等待人的觉悟。

以旭日为心，我心蓬勃；以朝霞为心，我心灿烂。心中始终有旭日朝霞，我就是早晨，我就是光的化身，热的源头，我就拥有了和宇宙同生同灭的生命。你不必嫉妒我，因为你也可以，天空如此博大，容得下无数个旭日，无量的朝霞。你我皆旭日，你我共朝霞，这世界就永远是温暖而明亮的。

旭日是苍穹的心，朝霞是长空的梦，晨歌是大地的回声。早晨如我，我如早晨，灵魂被旭日照亮，生命被朝霞鎏金，思想是旋律在血脉中涌动。我从夜晚来，带着对大光明的追寻；我从冷漠的洪荒来，向着上善和正能量迈进。我想我是懂得早晨的，我想早晨也一定懂我，这就是我热爱早晨的全部原因。

月份就像拆零的百元钞票，花得特别快。今天是年末最后一个月份的开头，也是一个新周的开始。晨曦中，我身披寒衣，捧着心来，等着和朝霞旭日一起启程，奔向岁月的下一个站点。那里正春光烂漫，鸟语花香，满世界袅然爱和上善的祥瑞。

为迷途的路人指一条明道，乃是大仁；给越冬的乞丐送一件寒衣，就是大善；将自己挫折和成功的教训经验毫无保留地奉献出来，便是大真。集仁、善、美好和真诚于一身的人，即使地位再卑微，其人格也是一座高山。

雾霭遮不住太阳，云层挡不住光亮。你是旭日，在雾霭中一样升起；你是朝霞，在云层外照旧灿烂。早晨是朝霞旭日的世界，不在你眼前，就在你心中。

　　夜晚由星月当值，早晨由阳光主导，喜欢有星月的夜晚，更喜欢有阳光的早晨，因为我热爱光。太阳比星月更有力量，星月容易被云层遮挡，从而失去光芒；太阳即使在云层后面，早晨也照样天亮。我愿为星月诗人，更愿为阳光歌者！远不失达观，该灿烂时就灿烂，早晨永远不掩本真。雾霭挡不住光芒。

　　该出发时就出发，早晨永远不辞辛劳；该歌唱时就歌唱，寒冷冻不结旋律，云层隔不断璀璨。跟随早晨的脚步，踏着朝歌的节拍，追赶旭日的车轮，我以爱和希望的名义，高举真善美的旗帜，策动我生命的马，扬起我灵魂的帆。

　　光和热是太阳的正能量，善和爱是心的正能量。人们喜欢旭日朝霞，但没有人喜欢黑太阳，因为这个世界需要正能量。善爱的心是一轮旭日，善爱的心朝霞灿烂，心若善爱，心就是太阳。朋友，让我们拥有一颗太阳心，而不要让自己的心变成黑太阳，因为你我都需要生命的正能量。旭日、朝霞；正念、善行。爱和正能量。

　　让身体被晨曦唤醒，让快乐从早晨出发，无论酷暑还是严冬，无论青春还是年迈，早晨在，生命就在，快乐就在。无需在乎昨天的得失，不要纠缠过去的梦，收拾好自己的心情，让美丽多一些，让俊朗多一些，在回荡的朝歌中我们重新开始，踏着希望的旋律；在灿烂的朝霞中我们再次启程，展开爱的翅膀。

　　熹微初露，游灵归府；东方既白，晨歌渐起。涉过夜的河流，穿过梦的丛林，我在朝霞即将君临的地方等你。不管路有多远，也不管途中多少荆棘，不要怕，朝着光的方向走，前面就是坦途。放下所有的行囊，丢弃所有的辎重，只带着希望轻松前行，这里有你需要的一切。将手递过来，我们一起去灿烂！

　　早晨不缺席，我的问候就不缺席。朝阳普照的地方，就是问候需要抵达的地方；朝歌传递的喜悦，就是问候的喜悦。你的我的大家的一声问候，是天下最美的旋律，是人世间最珍贵的友善，早一点，迟一点都没关系。

璀璨的生命开始拔节

　　冬雨淅沥，打湿晨曲朝歌，有一缕温润，在大地天空之间流动，希望和梦想没有结冰，我仿佛看见春的幼芽蠢蠢欲动。朝霞正在赶路，旭日也已动身，掀开浅浅的雨幕，我听见璀璨的生命开始拔节，明亮的翅膀划过时光。一种爱的气息流动，灵魂在云层之上游走，为另一个灵魂灿烂。灿烂的时刻带着灿烂的心情开始全新的人生旅程。

　　赞美水也要善待水，水的柔情生动，前提是不结冰。因此要设法让水保持在零度以上，否则她会变得锋利，一不小心就可能刺伤你。

　　无论在飘雪的北方，还是在渐寒的江南，只要生命中还有一轮朝阳，你的内心就不会结冰，你的灵魂便依旧春意盎然！天冷了，我还是一样早起。因为要等待旭日，我不觉得晨风有多么了不起的刺骨。在一种砥砺中等待和迎接希望，我的热血可以温暖每一缕梦境。光和热是太阳的正能量，善和爱是心的正能量。

　　元旦节后的第一个早晨，我借第一缕晨光传递问候，送给你春天的气息。朝霞的脚步温暖，晨歌的节律欢悦，希望和爱在大地萌动，信念的旗帜高扬空中。新年的枝头依然枝繁叶茂，新年的春天照旧鸟语花香，生活、人生和生命旅程仍然还要继续。今天是问候日，但愿所有的问候和早晨一样真诚。

　　早晨是高高飘扬的希望旗帜，早晨是响彻云天的生命号角。从灰暗的梦境走来，涉过夜晚的黑暗，我在朝霞里拾起信心。手握理想的长矛，挑一盏太阳灯，再次开始为生活冲锋陷阵。怀揣诗歌与梦想，踏着爱的旋律，带着幸福的种子，勇夺下一个人生的高地。

　　早晨是一种指引，沿着早晨的指引可以抵达幸福。朝霞灿烂理想的目标，晨歌拨动奋斗

如梦方觉

的旋律，旭日唤醒心灵的善良。忙碌或者悠闲，平静或者激昂，我们都已经从早晨出发，带着爱和希望，快乐和梦想。享受生命的过程，珍惜拥有的一切，感恩而不抱怨，简单而不复杂，幸福便和我们永恒相伴一路同行。

　　夜雨点到为止，刚好将小区的水泥地面打潮，刚好在西窗铁树的叶尖上凝成细细的水珠，刚好让冬天干燥的早晨有了湿润感。我用简单的吐纳，接受天地日月的精华，一点点充满内心的博爱和善良。静谧被一声欢悦的鸟鸣打破，灵魂里花儿兀自开放，每一根血脉里都春暖流荡，阳光奔跑，河水淙淙。

　　早晨最善良，她将光奉献给每一个需要光的人，从不犹豫。学习慈善从早晨开始，不一定要非常有钱，不一定要很有力量，将你内心的一点热度奉献出来，就有人因此不再寒冷；将你的一点智慧奉献出来，就有人不再精神贫困。早晨不吝啬朝霞，这个世界才灿烂；不私藏晨歌，人世间才不缺旋律。

冬天的早晨，比天亮得早的，是邻家的窗口；比邻家窗口亮得早的，是你我的心光。因为正能量，因为爱和上善，我们的内心都有一座不灭的灯塔，夜晚为我们指路，早上为我们接引晨光。冬天不再寒冷，灵魂不再迷航，生命永续灿烂，我们的人生也不再孤单。以光做伴，在早晨相逢，拥抱希望。

早晨是真善美的信仰者，她从不掩饰光的本来面目，带给这个世界的永远是阳光的温暖，朝霞的美丽。面对小草，早晨有一种永恒的谦卑，从不因为小草的卑下，不肯对小草施爱；早晨怀着无限的悲悯，她眷顾世间的一切，珍爱所有的生命。当我们迷失方向，找不到信仰，何不学习一下早晨的博爱与宽宏？

早晨有一种向上的牵引力，犹如旭日升起；早晨有一种向外的扩张力，仿佛朝霞盈空。我在晨曦朝歌中融入早晨，从朝霞旭日中获得生命的无穷能量，于曙光朝气中获得精神的充足给养。希望被照亮，激情被点燃，爱与梦想带着我的灵魂飞翔。一个早晨就是一次人生，一段光与热、色彩和旋律相伴的美好旅程。

雾微微打湿晨光鸟语，江南的冬天变得不那么凌冽。好在我心中从不缺朝霞，旭日每天都会升起。即使是凌冽的冬天，哪怕再大的雾，我都不会因恐惧而迷航，相信你也如此。早安，我的朋友，倘若是心灵的主人，时时处处都是化境。

早晨总是和谐而安详的，一句简单的问候都显得那样动人心弦。朝霞是给微笑最好的礼物，晨歌是对爱最真情的赞美，面对旭日，你的心空就是最璀璨的天堂。想做世间最快乐的人何其容易，你悄悄借一缕早晨的阳光就已足够；想做世间最幸福的人也不难，你托付早晨的气息传递一次对他人对自己的赞美就行。

我热爱并收藏早晨，生命的行囊里，从不缺朝霞、晨露和旭日，也不缺信心、希望和朝歌。这些似曾相识却绝不相同的早晨，将光和热源源不断注入我的人生，将快乐和激情大片大片带进我的生活。灵魂因这些早晨变得无比安妥，假如时光从明天起进入永恒的夜晚和冬季，我依然有足够的光明和春天。

最常见的事物最珍贵

最常见的事物最珍贵，最寻常的事情最难坚持，譬如早晨天亮，譬如日行一善。早晨最常见，但如果你经历了黑夜便知道它的珍贵；行善最寻常，但如果你曾亲身践行，就知道坚持有多难。我热爱早晨，在晨光里我自由吐纳，吸入朝霞，灿烂心的苍穹；呼出希望，唤醒万水千山。来吧，朋友，我们借一缕晨风梳妆，就一盘晓日早餐，踏一路晨歌出发。不要怕地铁拥挤，不要怕车多堵路，也不要怕山高水远，跟随心的引领，没有你不能抵达的地方。

摘一缕晨光给你，请带着她和希望一道启程；掬一捧鸟鸣给你，请让她的旋律和你的心一起跳动。为了我们共同信仰的早晨，为了我们相互照亮的灵魂，请跟随我沿着爱的方向飞奔。前面有朝霞铺出的红地毯，前面有旭日点起的霓虹灯，我们鎏金的梦充满大地苍穹。

因为它的珍贵，也因为它的持恒。在我的心目中，早晨就是大善，是永恒之善，并能唤醒人心之善。

一只鸟儿飞上窗外的枝头，一片阳光涂上邻家的墙壁，一缕温暖漫过冬日的心田。爱和上善在朝歌中传扬，信心和希望在旭日下成长，生命的正能量催开灵魂的春花。我在江南，在九华山，在腊月，在早晨，在劳作前的间隙，写一首歌给你，让你唱着歌和我一起憧憬来年。

风有些刺骨，心却是暖的，因为我的身体和思想都在行走，如同太阳和阳光。我相信那些晨鸟和我是一样的，否则她们的歌声怎么会那么动听，犹如天地的原音，充满生命的能量。

看不见，摸不着，却真切地存在于你的心中，她比你热爱的朝霞灿烂，比你喜欢的晨歌嘹亮。她将你从黑夜唤醒，她带你穿过黎明的山峰，她伴你涉过如水的梦境。你的灵魂和她一起飞越，你的思想因她奔向无垠，你肉身所触的世界也因她充满激情和欢悦。她的名字叫"希望"，她的爱不分彼此没有分别。

虽是寒冬，但我的世界依然枝繁叶茂，鸟语花香、暖意融融，因为我有朝霞灿烂，旭日普照，晨歌激越。缘于早晨的丰厚收藏，我的生活里永远没有冬天，可以享受想要的季节。我的冬天有春意，我的夏天有秋凉，我的季节里只有春华秋实，我的生命里没有酷暑严寒。朋友，收藏早晨，你也可以。

晴也好，雨也好；誉也好，谤也好，从未影响过早晨的脚步。晨晖既是真的，就一定不遮掩；旭日既是善的，就一定要升起；朝霞既是美的，为什么不灿烂？爱和希望既在我的心中，我就没有理由停止歌唱。信仰在，光明就在；理想在，晨歌的旋律就在；早晨在，每日的问候就在。人生和生命都需要持恒。

无论身在何处，无论什么季节，我很少会错过早晨。睡得再晚，晨曦微露的时刻我也一定会醒，而且从不用闹钟。心中有早晨，你和早晨之间总有感应，晨光会在第一时间将你唤醒。听得见朝霞的足音，看得见晨歌的旋律，灵魂里一样有旭日东升。当早晨契入生命，希望和激情便充满我们的人生。

寒冷不是缩手缩脚的理由，心中若灿烂着朝阳，冬天里就一样鸟语花香。困难不是停止前进的理由，精神若充满着希望，生活中就仍然风帆高扬。朋友，不管季节如何变化，早晨均为一日的精华，是你不能缺少的生命必需品；不管风云如何变幻，希望都是一生的宝藏，有你取之不尽的灵魂正能量。

你一路走来，越过了数不清的人生坎坷，经历了数不清的生命迷茫，至今，你还活着，并且活得越来越有力量，这是一件值得庆幸的事情。但在庆幸的同时，你要明白，如果没有那些贵人的无私援手，单凭一个人的力量，你无论如何也走不到今天。因此你要时刻深情铭记，你要永远心存感恩。

我听见喜鹊的叫声一声高过一声，那声音里有朝阳的味道和气息，她硬是将冬天的冷叫得望风而逃，将一种盎然的春意叫满我的心中。早起的人们，你们听见喜鹊的叫声了吗？如果没有，那就用心从朝歌中细加分辨吧，她的叫声一定就在市井之声和自然之声交织而成的和声之中，并一定有属于你的旋律。

一轮旭日从我的心空冉冉升起，在这个薄雾笼罩的早晨，我用心中的朝霞灿烂问候，我用收藏的晨歌点亮旋律，将一缕看得见的温暖，送往希望抵达的世界。你若看见，请跟光一起走；你若听见，请与信念一同舞蹈；你若感受，请随爱一起飞翔。

昨晚我梦见了谁，谁又梦见了我，这是星星的秘密，我在乎的是彼此能够在晨光中相会，然后扛起朝霞的旗帜出发。我们都还有很长的路要走，来不及怀想昨夜星辰昨夜梦，我们的生命依旧灿烂。时光不会止步，鸟鸣一路追赶，旋律从未停歇，希望和爱在我们的血脉里涌动。

何处不春光

飘雪人间，没有不开花的树

　　飘雪的人间，没有不开花的树。虽然花色单调，并且注定不会结果，但却有压倒群花的美丽。做一朵雪中花，留一种冷眼让热烈的春天回味，没什么不好。纷纷扬扬了半个上午一个下午，今年的这场雪不小，但愿除了给我们美感之外，不要带来副作用。现在，雪停了，我窗台上的两株铁树枝头积了一层厚厚的雪，所幸，重量它们还能承受。一场下得刚刚好的雪才值得被赞美。

　　雪，是天上白云向大地的一次迁徙。白云，是地上积雪向天上的一次回归。云中雪，雪中云，仿佛火与焰，焰与火，一次迁徙便是一次燃烧，一次回归便是一次焚化。或者热烈，或者寒冷，都是一种涅槃。

　　凡事过犹不及，难得的是刚刚好。有一种雪，下得适可而止，刚及瑞雪，不会缠缠绵绵地下成了雪灾。俗话说，瑞雪兆丰年，年前的雪下得祥瑞，来年风调雨顺的日子便可期。有一种美丽叫雪花，她的开放与凋零总是在同一时间发生，冰冷和热烈相互交织，她的生命短暂却炫目。

你我的心中都有一轮旭日，你我的世界响彻朝歌。大家都是带着灵魂赶路的人，从不缺生命的热度，从不缺生活的光亮。即使是飘雪的日子，哪怕朔风再凛冽，早晨的血液依旧温暖，我们的步履依旧欢悦。爱和希望在严寒的冬季普照心田，心灵的深处还是春色一片，有花朵，有绿叶，有蝴蝶儿翩跹。

明天在哪里，信仰、希望、健康、快乐、金钱、权利、友谊和爱情就在那里。拥有明天就拥有一切，你什么都可以不在乎，但不能不在乎明天。渴望明天，等待明天，走向明天，拥抱明天是你生命中的当务之急，其他皆可放下。

打开心灵的窗户，迎来信念和希望，让光明唤醒沉睡的信仰。敞开生命的胸怀，接纳朝霞，拥抱众生，让善良和爱心更加辽阔。踏上晨歌的旋律，跟上晨风的脚步，在苍穹和大地间留下灵魂的足迹。或许会汗湿衣襟，或许会雪压头顶，只要旭日还蓬勃在内心，你就不会惧怕不会倦怠，不会停止愉悦的前行。

今天是农历年末的最后一个早晨，有光，有薄雾，有鸟鸣。穿越薄雾，内视心灵，朝霞灿烂，旭日东升，一切似乎寻常，一切又那么崭新。早晨是一种坚持，仿佛信仰，如同希望，恰似爱与梦想。我跟早晨学会了坚持，在生活的浪涛中坚持宁静，在人生的风雨中坚持前行，早晨给了我一双隐形的翅膀。

年年除夕，今又除夕。年末的最后一个早晨，鸟儿叫得热闹，仿佛那些终于盼到过年的孩子们。飘了一夜的小雪，在晨光中悄然退去，只一两片雪花在飞。朝霞在云层之上，旭日的温暖透过云层，传递到大地之上，春小子挽起朝歌的手臂，走向新年，开始了一场崭新的恋爱。春花灿烂的日子正在萌芽！

我是一只来自上世纪60年代的野兔，尽了一份值守的责任。这一年，我匆忙奔走在自己的各个岗位：走到社会最基层，用文字记录明天的历史；走进微博，通过每日问候传递早晨的快乐。兔年即将过去的此刻，我要感谢出现在我生活中的所有人，因为你们，我获得了充实和幸福！

新年的第一天，请微笑一次，70亿人就是70亿微笑，世界将在这一天充满祥和；请真诚一次，70亿人就是70亿真诚，世间将在这一天充满信任；请善良一次，70亿人就是70亿善良，人心将在这一天充满感动。这一天是全新的开始，这一天如若美好，这一年就坏不到哪里去，请珍惜并热爱这一天！

工作着是美丽的，这是早晨告诉我们的真理。旭日工作着，天亮了；朝霞工作着，世界灿烂了。工作着，你的心中才有一轮蓬勃的朝阳，；工作着，你才能使人生灿烂。活着，就要工作，但工作不等于披星戴月地上班，每个人的一生都在不停地工作，不管你愿意不愿意。

朝阳说，光明是对的，所以要每天升起；晨风说，自由是对的，所以要不停脚步；鸟鸣说，欢乐是对的，所以要热爱欢歌。我说，信仰和希望是对的，所以要歌颂早晨。朋友说，友爱是对的，所以要每日问候！你的问候，我的问候，大家的问候，是人世间最美妙的节奏。

我们都是热爱光的人，我们都对光极度敏感。我们在早晨吸收并储存光，用来照亮夜晚，因此我们的心空从不暗淡。不在意人生的长短，不在意命运的好坏，像早晨那样活着，让光璀璨生命，其实就已经在平常中走近杰出，在有限中达致永恒。因此我们的内心从无抱怨，只有感恩。

新年开篇，灿烂，令人心旷神怡，喜悦满满。行者漫步小区街道，但见天上红云与树冠积雪交相辉映，顿生无限情怀。一半热烈，一半淡定，心空清和，肉身舒展，天高地阔，思及无垠。龙头既已高昂，龙身便有活力，龙尾势必威风。龙行天下，风调雨顺，国泰民安，吾所祈盼！

我不是太阳，但心中有一颗太阳，虽不能普照四方，却可以照亮自己。如果每个人都阳光，这个世界即使没有太阳也不会黑暗。心中有太阳，你才能由内而外地灿烂，你的灿烂我的灿烂，相互映衬，彼此融汇，这个世界便不缺璀璨。心中有太阳，你就是温暖的，大家都温暖，这个世界又怎么会结冰呢？

倘若站在光的角度看世界，相信我们的眼里不会有什么黑暗。因为有一双光明之眼，目光所及之处，黑暗便无处藏身。与其抱怨这个世界的暗，不如让自己成为发光体！把握了早晨，你就把握了自己。早起，是为了拥有主动的人生。

热
爱
早
晨
的
人
，
人
生
里
没
有
冬
天

生命又翻了一篇，春天又近了一步。那些鸟儿的歌声愈加优美动听，她们似乎闻到了越来越浓的花香。这个早晨，有一些薄雾，有一点寒冷，但丝毫不影响我内心的澄明热烈，因为春天的旋律已在我的脉搏回荡。朝霞的气息，旭日的味道弥漫，为信仰和生命升温，为希望和爱注入了丰沛的正能量。

我听见了春天的鸟语，我闻到了春天的花香，在这个冬天的早晨，内心浮起的都是春天气息。薄雾迷蒙了晨曦，旭日在云层之上，朝晖在我的血脉里，生命高举希望的旗帜，灵魂在霞光中飞翔。我以梦想和爱的手掌触摸春天，在灿烂的花丛中，朝歌的旋律犹如蝶舞。热爱早晨的人，人生里永远没有冬天。

晨风吹散心中的浮云，朝歌赶走梦里的神马，我沉重的肉身变得轻盈，灵魂在我期待的高度展翅飞翔。神马都是浮云，唯有晨光中的真善美，值得我心潮澎湃，犹如朝霞情愿为旭日灿烂。你有自己的一念真善，你有自己的美好坚持就已足够，夜晚、鬼魅，谁愿意爱好就让他们爱好去吧，你爱阳光就可以了。

阅读早晨，我从不厌倦。看似相同的内容，无非旭日、朝阳、晨歌、露滴，读出的却是不一样的味道。譬如一本卢梭的《忏悔录》我读了30多年，一本索罗的《瓦尔登湖》我读了20多年，一本尼采的《我与我妹妹》我也读了近10年，有人说我做无用功，其实不然，阅读书本和阅读早晨一样，都是常读常新。

或问：你何以对早晨如此偏爱？行者不假思索地回答：早晨是一天的开始，早晨快乐，整天的心情就不会差。尤其在当下的时代，因为生活的压力与匆忙，人的愉悦空间被压缩，快乐显得更加弥足珍贵。每一个早晨都是清新的，人的心灵在此刻相对纯净，能够自觉不自觉感受到这种清新，达致身心愉悦。

我爱早晨，问候旭日，与自然相亲，为生命第一要事。早起，问候朋友，与朋友相悦，乃人生第一快乐；早起，问候心灵，与心灵相谐，是生活第一幸福。道法自然，是教我们处理人与自然的关系；人需为儒，是教我们处理人与人之间的关系；无我为佛，是教我们处理人与自己心灵之间的关系。

早晨爱我吗？偶尔我也会产生这样的疑问，就像有些人常常会问我爱祖国，祖国爱我吗一样。实际上这是一个伪问题，因为答案就在问题之中：你爱早晨多少，早晨一定有同样的回报；你怎样爱祖国，祖国必定也会怎样爱你，这种爱是作用力和反作用力的关系。爱早晨，就爱得纯粹一点。

阳光灿烂的日子，即使是寒冬也一样不缺温暖。我在城市社区穿行，希望看到所有人的脸上都洋溢着幸福，生活殷实的人都有爱心，日子艰难的人不失希望，你的我的大家手的手挽在一起，让冰冷的风绕开，让温润的情感升腾。因为大家的头顶是同一片天，脚下是同一片地，需要阳光一样的公平。

夜晚过去，早晨才刚刚开始，犹如感恩节已经过去，感恩才刚刚开始。早晨的如期君临是对她的追随者的感恩，我们早起是对早晨无私给予的感恩。感恩晨曦，因为光明的给予；感恩朝霞，因为灿烂的给予；感恩光明和灿烂，因为希望和爱的给予；感恩希望和爱，因为希望和爱给了我们前行的活力与激情。

和星月一样眷恋夜色，和太阳一样习惯早起，我的小宇宙和大宇宙节律同调。对话夜晚的精灵，思想在时间的深处游走，生命的宽度得以拓展；拥抱希望的朝霞，精神在无垠的苍穹飞扬，生命的热度得以提升。我珍惜这只有一次的人生，愿意用短暂的一生融入永恒的宇宙。

快　意

我依旧早早起床，不为别的，就为了心中一个小的愿望：掬起晨曦的第一片光亮给你，摘取朝霞的第一缕灿烂给你，收集晨歌的第一道旋律给你。我要用最崭新的早晨编织一个花篮，然后在花篮里盛上吉祥、快乐、幸福安康，还有希望、温暖、爱与梦想，一并给你，我的亲人我的朋友！

早晨醒来的愉悦总是难以言表，光涌进窗口，汇入我心，将所有的杂质冲刷掩埋。我漆黑的思绪，被上善之水一片片照亮，生命的眼睛渐渐睁开，看人生的辽阔与延展。这是一个古板又多情的人，害怕夜晚寂静的喧嚣，期待晨光里的玫瑰色相遇。一生很短，一生很长，当早晨融入灵魂，你瞬间彻悟了。

晨光被春之拔节声喊醒，列队的祝福在朝歌中欢快地行进！花香浮动，新芽初萌，生命和希望的旋律，在天空和大地之间回荡；一种闻所未闻的气息，弥漫在爱的心田，温暖圆融。我看见欢悦的龙吟，荡漾你的笑脸；我听见快乐的朝阳，灿烂你的心境。我们一起出发吧，向着幸福飞翔。

谁说朝霞无言？一缕朝霞就是一曲朝歌；谁说朝阳无声？一片朝阳便是一句鸟鸣。我们没有听见，不代表朝霞没有说；我们没有听见，不代表朝阳没有说。每个早晨，天机的大门都会开启。错过早晨，你必定错过天机，不是天机不爱你。

活在早晨值得感恩

晨歌穿透雨的缝隙，将新春的温润衔到我的心田，朝霞和旭日快乐地发芽，爱和希望幸福地舒展。元宵的气息弥漫氤氲，我看见一轮圆融在灵魂深处冉冉升起，照亮七彩的雨丝。真善美的旗帜高扬，生命被正能量充满，信仰唤起理想的激情，天弦地琴弹奏出飞翔的绝响。还等什么呢？我们现在就出发！

此起彼伏的鞭炮声，将元宵的夜晚推向某种极致。肯定有不少人和我一样喜欢元宵的祥和，却又不胜鞭炮声的搅扰。世上鱼和熊掌兼得的好事难遇，需要特别的机缘。我就遇到了这样的机缘，此刻，我沉浸在眼前一片宁静的沙滩和海洋，沐浴在温润的阳光里，享受着柔软的海风，静谧而迷醉！

过了元宵节，年就算过完了，多数人的日子又将恢复常态。生活需要常态，常态的日子或许有些单调，但它是生活的本来样子，因此能够恒远长久，人生需要细水长流，大起大落的人生的确刺激，但它需要一颗强大的心脏来承受，我们这些常人，更喜欢平和沉静的人生。

晨歌是朝霞的序曲,闪电是雷声的前奏,自然界充满奇妙,到处因果,什么样的声音和什么样的色彩总是那样搭配协调。我喜欢在晨光中迎接第一声鸟鸣,这是晨歌的第一枚音符,我虽然也热爱闪电,但不这么喜欢石破天惊的雷声。于是习惯了早起,也习惯在雷声中捂耳静默,我钟情朝霞胜于闪电。

晨语即佛语,晨心乃佛心。早晨是佛的示现,自觉觉他;早晨以无限的悲悯,普度众生。晨歌中尽是佛缘,朝霞里充满佛性,阳光永恒向善,旭日便是真如。因为有一颗向上之心,因为追求一种真美,我有幸与早晨结缘,被神圣的佛光照拂,心灵得以安妥。虽不是佛教徒,早晨却让我内心有了信仰。

当全新的早晨君临,如果你还能感受,还能欣赏,还能拥有她,这是莫大的幸福!血脉在鸟鸣中喷张,呼吸在晨风中畅达,身体在朝霞中奔跑,你正在续写生命传奇。沐浴在神奇的幸福之中,你的心灵充满欢愉,你的灵魂自在飞升。活在早晨,我们除了珍惜,就是感恩。

今晨的鸟儿叫得特别欢,这是入冬以来我听到的最愉悦的晨歌。春天就要来了?我愿意将这样的晨歌听成春天的脚步声。人类总是比鸟类迟钝,只有那些心中有翅膀的人,才有鸟类那样的敏感。因为飞翔,才能更接近天空;因为接近天空,才能领先一步看到春天的图景,早晨可以给你一双这样的翅膀。

只要不放弃坚守,每个早晨都会属于你,晨曦、朝霞、旭日,信仰、希望和爱就一个都不会少。哪怕你曾经在夜的深处迷失,哪怕你在黎明之前一度绝望,内心的坚守会让你在迷失中找到方向,在绝望中看见理想之光。此刻,阳光沐浴着你,晨风轻抚着你,晨歌愉悦着你,快乐包裹着你,幸福而安详。

请为我们已然得到的一切感恩,譬如昨天的风雨,今天的旭日;譬如夜晚的梦境,早晨的鸟鸣;譬如曾经的忧郁,当下的欢喜。依然继续的心跳,仍旧顺畅的呼吸,还在流动的思想,没有折翅的想象,以及尚存的爱与善良,都值得我们感恩。感恩是活人的事，逝者不再有机会感恩，所以感恩要趁早。

　　沿着信仰的方向追寻。在远古的某个朝代，在未来的某座城池或村庄，你也已经出发，飞向我，以光年的速度。你带给我朝歌，我还你以旭日，记住彼此的诺言，不许悔。

　　我们都是早晨的信徒，晨曦、朝霞、旭日是我们的最爱，信念、希望、梦想是我们的瑰宝。愿意与你一同等待日出，喜欢和你一道欣赏朝歌，早晨的气息和旋律是我们共同的脉动。假如我错过了某个早晨，请你代我践约；倘若你错过了某个早晨，我会代你收藏。早晨是一种分享，在银马飞驰的生命里。

　　我在晨曦中感受大善，我在旭日中欣赏大美，我在朝歌中倾听大音，我在新露中体味大真。不需要刻意找寻，早起，你就能和一切美好不期而遇。学习、欣赏、感受早晨，内心的旋律会在不自觉中升腾，灵魂中的真善美会被瞬间唤醒，你也会以一种崭新的格调面对生命、生活和人生。真的，别不相信。

　　被晨梦纠缠了一会，我不小心错过了鸟鸣，好在赶上了旭日，这个冬日周末变得异常温暖。没有一丝风，我懒洋洋地靠在门前的草堆旁晒太阳，就着滚烫的山芋玉米糊和母亲亲手腌制的咸菜，昔年冬天早晨的情景就这样跃上心头。朝霞的脚步稍稍快了一点，朝歌的余音刚刚远去，这个早晨依然属于你。

　　早晨，在将醒未醒之间，生命处在一种纯粹的状态，她非常不稳定，而且转瞬即逝。这个时刻，你的第一念会自然而然地升起，将你带进全新的一天。不管是什么样的念头，你都没有必要强行压制它的发生，实际上也无法压制。当你努力地睁开眼睛，这个念头会自动熄灭，下面的一切全由你自己把握。

　　我信仰早晨，生命为早晨而张扬。早晨是新生的开始，早晨是理想的跑道，早晨是奋斗的号角，早晨是成功的序曲。从光明的希望中出发，披着灿烂的朝霞飞翔，我灵魂愉悦，内心坚定。不管前面是朗朗乾坤，还是阴翳蔽日，都不能影响我前行的脚步，必胜的信心。

回味过去，不如牵手现在

你有春色，我有秋光；你有夏的靓丽，我有冬的内涵。你遥望我，我遥望你，你寻找着未来，我回味着过去。不如牵手现在，你中有我，我中有你，让一切的美好快乐彼此的人生四季。季节可以在岁月中轮回，生命或许只有一次，谁没有理由渴望快乐传奇？

我钟情旭日，因为需要光亮；我迷恋朝霞，因为渴望灿烂。我仰望苍穹，因为有飞翔的梦想；我俯首大地，因为有扎根的愿望。我有无数热爱光的理由，最大的理由只有一个：不能确定除了这一世，我与光是否还有缘分。因为对光的珍惜，我必须飞翔；因为对黑暗的恐惧，我一定要在光里扎根！

朝霞钟情早起的人，旭日温暖爱的心灵。奔跑在希望的路上，激情驱散了秋冷；沐浴在阳光之中，世界一片灿烂光明。思想和苍穹融为一体，信念与晨鸟比翼齐飞，你的灵魂前所未有的安妥，你的精神前所未有的高昂。早晨真好，她可以让渺小的生命瞬间变得伟大；可以将生活中的懦夫瞬间变得勇敢。

有一点冷，那是季节的缘故，早晨提醒你添一件绒衣出门；有一些热，因为朝霞已苏醒，早晨告诉你旭日正在心空升起。即使冬天的晨风中少些鸟鸣，晨歌的旋律一样在你的生命中回荡；即使冬天的晨露化成寒霜，露珠一样在你的灵魂深处晶莹。你曾经收藏的朝霞旭日、希望和爱，足以温暖整个冬季。

当生命又一次遭遇旭日朝霞，我们是否心存感恩？人生的欣悦，生活的快感，其实都是从感恩开始的。有多少种感恩，就有多少种幸福，问一问自己的心：幸福吗？感恩心和麻木心的回答是不一样的。

我在路上，路被阳光铺满，我的情绪都是亮色。我喜欢这样的生命状态，这样的状态让我对世界迷恋。我是个只想生命宽度和高度，不在乎生命长度的人，却对生命无限珍惜。在光的世界里，我灵魂安妥而自在，不在意时间的弹性，享受当下的愉悦就已足够，我不贪婪，容易满足，且从不张狂或抱怨。

天上有薄薄的雾，但不影响光的君临；鸟鸣略显稀疏，但旋律一样优美；寒风有一些棱角，却让你的步履更坚定。这样的早晨依然充满希望和温暖，你相信一轮红日终究会破雾而出，你相信一定有阳光为你驱寒。我更是确信，大家的问候都已上路，带着爱与火焰，这个冬日清晨将因此温润如春。

我相信明天早晨太阳一定会照常升起，但是假如，我是说假如，明天天真的就不亮了，人们会怎么想，又会怎样面对？人类不可以杞人忧天，但必须有忧患意识，有将每一天都当做最后一天过的自觉。

信心和希望是自己给的，没有人能给得了你，仿若太阳是自己升起的，并非神力的推动。爱与善良本就在我们的心中，我们自己本

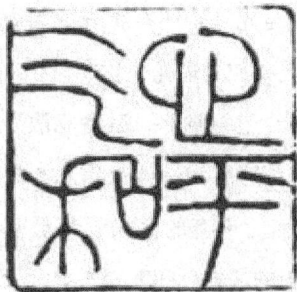

心平气和

身就有爱和善良的力量，犹如朝霞本就在天地之间，有着与生俱来的灿烂。如果自己站不住，谁又能扶得起你？如果心总是留在夜晚，你的生命中便注定不见晨光。

　　天空很亮，鸟鸣欢悦，正在路上的朝霞就要越过东方地平线，内心的期待让我忘却清冷。灵魂热烈舞蹈，生命血脉贲张，因为我知道，下一刻，旭日就将君临。朝霞的灿烂，旭日的温暖，振奋希望的心灵，一种温润的情感在寒冷的冬季早晨升腾，晨霜渐远，在爱的光中融化。启程吧，向着春天的方向。

　　就生命而言，人生是一条不可知的路，一旦踏上这条路，就注定有去无回；就爱情而言，人生就像环形跑道，即使朝着一个方向跑，该相遇的两个人一定会相遇，或者是与你同时出发的人，或者是在你的前后上路的人。生命是一道有标准答案的考题，爱情则往往连参考答案都没有，人生因此单调又多彩。

　　有阳光的地方必有阴影。总是追着自己影子跑，阳光永远在你背后；你始终面对阳光，影子永远被你甩在身后。可惜这么浅显的常识，并非人人都懂，懂的人也并非时时都能做到。

　　世上最永恒绵长的是岁月，最经不起消耗的是瞬息即逝的时光。岁月来自时光的叠加，岁月的厚度，决定于时光的厚度，岁月的宽度，决定于时光的宽度；岁月的浓度，决定于时光的浓度。时光的厚薄、宽窄和浓淡，掌握在消耗她的生命手中，时光的状态取决于生命状态。拥有生命便拥有对时光岁月的责任。

　　望着西窗外洒满晨光的树枝，想起父亲为树木修枝的情节。父亲每年都要为老家房前屋后的树修一次枝。我问父亲为何要为树修枝，父亲说，为小树修枝是希望它长得直，为大树修枝是为它减轻不必要的负担。修枝一如修人，惟有修去一切多余的东西，才能获得轻松正向的成长，才能达至生命的自在。

最近工作任务多，我几乎成了采访器和写稿机，工作职责所在，我虽苦犹甘。今晨五点多即投入昨天未完成稿件的写作，迟了每日问候，向童鞋们道一声歉。我现在路上，江南的阳光很热烈，撩拨着我写诗的欲望，将我拽回到青春年代。想想当下年轻人的匆忙和压力，我在想：缺少诗歌的青春还叫青春吗？

每一次醒来，都是生命的奇迹

　　窗外，夜雨淅淅沥沥，潮湿了新年的梦。希望正好发芽，理想就要开花，生命里春光明媚，灵魂里蝶舞蜂飞。我依然不老的思想，穿行在天空大地之间，散发着青春的能量。夜晚，是早晨的前奏，晚安是为了曙光中的前行。

　　不是在睡梦中离去，就是在睡梦中醒来，这是夜晚必然的结局，这是早晨注定的开始。看到天亮，迎来旭日的人，没有一个不是自醒的人，如果不能自醒，别人喊破喉咙也是没有用的。每一次醒来，都是生命的奇迹；每一次日出，都是造化的神奇。

　　我特别关注了鸟儿们的歌唱，我发现冬天有些鸟儿就开始偷懒，在本该当值的时候耍了小小的滑头。这是些热爱春天的鸟儿，更喜欢春天的枝头。今天早晨她们却没有迟到，并且唱得特别欢实。有一种温暖袭然我的心头：深冬的寒冷，其实往往挡不住春的歌喉，这是鸟类的感知，也是人类的希望。

你若安好，便是晴天！早安，我的朋友们，海葵之后是向日葵，风雨之后是彩虹阳光，洗涤之后是灵魂的更加高洁。我在九华山下，地藏王座前，为你们祈祷，送你们祝福。即便风雨如晦，早晨依旧充满正能量，只要上善和爱还在，你的心中就不缺旭日朝霞，生活会继续，人生不枯萎，生命有希望。这一声问候专致微博，北方落雪，南方下雨，阳光普照在中间地带。向左，向右，都不是春天的航向。

今晨，行者要完成一篇稿件，只能先将早晨藏在了心里。现在好了，稿件已落下最后一笔，我泡上一杯永和豆浆，可以悠闲地边就着朝阳喝豆浆，一边记录我的早晨，一边向你问候了！这一声问候，既有朝阳的味道，也有永和的醇香。带着愉悦生活和工作，聚焦人生之光，聚集生命正能量，早晨和早晨是不一样的，有时候早晨在笔端，有时候早晨在心。

今日问候又迟到，只因倏忽梦难醒。我本世间散淡人，却也一路逐红尘。宿雨已歇，云空放晴，微风佛面，百鸟和鸣，我在江南的某个小区，临窗望远，心怀友朋。托晨风朝霞，将我这一句迟到的问候带给我牵挂的人们：愿你们的生命分分秒秒都浸染无上的快乐！

有一点冷，那是季节的缘故，早晨提醒你添一件绒衣。出门有一些热，因为朝霞已苏醒，早晨告诉你旭日正在心空升起。即使天的晨风中少些鸟鸣，晨歌的旋律一样在你的生命中回荡；即使冬的晨露化成寒霜，露珠一样在你的灵魂深处晶莹。你曾经收藏的霞、旭日、希望和爱，足以温暖整个冬季。

一大早就要练太极拳，交了300元学费呢，我要对得起这笔不菲的学费。故不能来微博向大家问候，人没来，心却来了，问候如常，我相信你们一定感觉到了我的诚挚。旭日和朝霞在，我一定不会缺席；晨歌和珠露在，我一定就在。我用不同的方式收藏早晨，不变的是传递上善和爱的热情，我的朋友！一声简短的问候，一片上善的真情！童鞋们，让阳光、吉祥和快乐一路跟随你们！

今天是什么日子？鸟儿们叫得这么欢，旭日的脸这么红，朝霞的笑这么灿烂。这是个寻常日子，又是个不寻常的日子。对众生来说，每一个早晨都极其寻常；对生命的个体来说，每一个早晨都极不寻常。人生的早晨何其有限，你拥有的每一个早晨，都足以让你激动；你拥有的每一天，都足以让你感恩。

今早起来，我闭目静坐于天地之间，在心中默默问候这个世界。我相信自己的问候，已经随晨风朝歌抵达一切我想抵达的地方，也相信这个世界一定会有正能量的感应。这有点取巧，不太符合我的性格，无论如何我还是要用每日问候的形式，记录下内心的希望和真诚，以更加便于传递。人生难得是坚持。

又是一个崭新的早晨，我正在拥有，并因为这种拥有而愉悦。这个早晨在我的生活中从未出现过，这个早晨延伸了我人生的长度，这个早晨丰富了我生命的内涵。这样的早晨同样属于你，沐浴在晨辉中，被希望的气息包裹，迈开轻盈的脚步，信心满满地前行，你的内心一样快乐。

没有任何仪式，不请任何人捧场，不搞铺天盖地的炒作，天就那样默默的亮了。静美的旭日，携着她的灿烂朝霞，带着她的清澈晨歌，赶自己的路，尽自己的责，心无旁骛。将真善美一路播撒，将爱和希望一路播撒，将温暖和激情一路播撒，她奉献着从不求回报，早晨因此收获了无限的圆融和大自在。

平静地苏醒，亢奋地升腾，早晨以一种正能量，让我的肉身复活，令我的生命飞扬。善和爱，激情与希望，携手晨光，拥抱朝霞，沿着信仰的方向追寻。

晚睡早起是我多年的习惯，因为睡眠质量好，虽睡的时间少，但精力一向很好。昨夜却一反常态，零点入睡，不到3点即醒，以为天亮，起了个毛早，看来我的人体生物钟也会偶然失调。不过起毛早也有好处，可以全程见证黎明到天亮的过程，从而多一分早晨的阅历，这对热爱早晨的我来说也是件好事。

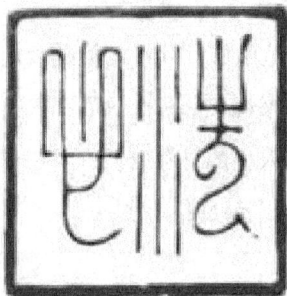

早晨最无私，你若需要，她必然给予；早晨最公平，普惠众生，她没有分别；早晨最宽容，你的缺席，她从不抱怨。早晨就在那里，我们没有理由不去拥有，倘若错过，我们错过的不仅是早晨本身，重要的是，错过了向早晨学习的机会。

洗 心

或许你刚刚起床，或许你正在早餐，或许你已在路上，在这个冬日晴朗的早晨，有温煦的阳光做伴，有欢快的晨歌相随，你的心情一定舒展而愉悦。绽放你的微笑，送出你的问候，世界将因你更加美好，人间将因你更加温暖！也请接受我的众生的微笑和问候，愿你的人生因早晨而丰满，愿你的生命因快乐而灿烂。

第五部分

大道之行：

收藏早晨，光热人生

寻找并聚集灵魂相似的人，一起传递心灵力量，传播社会正能量。

人生总是左右为难

人生总是左右为难，所以必须放下。但放下好像更难，故多数人毕生都在追问怎么办？怎么办？谁又能找到真答案？

一觉醒来，已是早晨8点，这样长的睡眠，在我已有的人生中绝无仅有。一切还好，就是错过了一次日出，这一生再也无法弥补。每个日出都是唯一的，每个早晨绝对无二，就像生命中唯一的爱情，错过了便不可追。别不在乎肉身，它是灵魂的承载物，它若怠工，难免耽搁灵魂的飞行。一切均须善待。

凌乱日。事情、时间、心境均未合理安排，加上懒散、自我放任、自我安慰，导致生命空转，人生缺失难免。一日已过，一日未来，当下要务，给身体放假，为灵魂放风。收拾旧我，迎接新我，从头再来。今日存照：你慢待时光，时光一定也会慢待你。人生就那么一点长，经不起慢待。

早晨为什么常在常新，朝霞为什么不失灿烂？因为太阳将夜晚还给了夜晚，将星辰还给了星辰。太阳以其取舍有度规律作息，成就了早晨的永恒。而我们却因为不能像太阳那样严格作息，错失了多少个本该属于自己的早晨，黯淡了多少本该属于自己的灿烂！

早晨，面向东方的地平线，光涛瞬间汹涌我的胸廓，锦浪快速淘走内心郁积的泥沙，我渐渐变得清澈而辽远。此刻无论你在何处，都一样能够感受朝阳的热烈，希望的美好，以及爱的律动，因为真情的问候驱散了你头顶的黑暗和阴霾。昨天的不快，将化成今天的愉悦。晚上欠你的，早晨一定会加倍补偿！早安，朋友。

我的这句问候，有旭日的热度，朝霞的温度，晨曲的口感，晨露的味道，爱和上善的欣悦。正能量的发生发酵，在早晨变得更加活跃，生命蓬勃，灵魂昂扬，人生的方向愈加开阔俊朗。这一声问候，穿越千万年时空，造就你我这一刻的因缘，照亮无限光明中的每一颗微粒。等量的欢喜与慈悲，生出无量智慧。

阳光在露珠上舞蹈，晨风在草叶间欢歌，远山如画，近水微波，飞鸟剪出晴空的线条，游鱼划动满眼的澄碧。这样的早晨，适合深呼吸；这样的早晨，你不敢辜负。

这些鸟儿，一会儿在树丛飞来飞去，一会儿此起彼伏地歌唱，仿佛一群顽皮的童儿。我看见了似曾相识的早晨，我看见少小的自己和小伙伴们，在通往小学校的蜿蜒小路上，迎着朝霞奔跑嬉戏。早晨一如人生早年，新奇又活力，快乐而无忧。我相信眼前的这些鸟儿还是从前的那群，旭日和朝霞也是从前的。

我喜欢早晨的原创性，早晨既不抄袭别人，也不重复自己，每一个早晨都是独特的书写。这一轮旭日是全新的，这一片朝霞是无二的，这一曲晨歌是没有模板的，甚至，这一滴珠露，也一定是前无古人的。因为其独创性，早晨才坦然而辽阔，才有了无穷无尽的正能量，才值得被有幸结缘的人收藏。

　　早晨的生动来自旭日，早晨的美丽来自朝霞，早晨的欣悦来自希望。早晨值得拥有，早晨值得珍藏，心中不缺旭日，生命里朝霞满天，上善和爱必得以茁壮成长。你的上善是一束光芒，你的爱是温润的花瓣，你在的地方就是天堂。早晨有你，早晨有我，你的琉璃，我的灿烂，你的快乐，我的分享。

　　你猜我早晨睁开眼睛的第一感觉是什么？告诉你，两个字：庆幸。面向东方，做深呼吸，然后放松再放松自己，全身颤抖起来，不停地颤抖，直至有一种飘的感觉。停下来用空心掌拍打身躯，拍打全身的九个关节，拍打头顶，享受痛和欣悦。练太极拳之前的这一套热身动作，做起来畅快之极。这时候，你感觉旭日升起，紫气东来，天人合一，开始下意识地拥抱那轮太阳。

　　庆幸我又穿过一个茫茫夜晚，庆幸自己没有被旭日和朝霞抛弃；庆幸还可以用自己的五根体验这个世界的欣悦与痛苦。无论你少小还是耄耋，无论你青春还是中年，都有夜晚需要穿越，但不一定都能够获得早晨的垂青。

　　清晨。河边。晨光里。学打太极拳。按照教练提示要领，呼吸吐纳，开九关节，练基本开步。太极拳外柔内刚，强身健体，值得一练。有太极的早晨，感知天地间的律动，累积正能量，无限欣喜。

今晨有雨，西窗外的两颗铁树挂满甘露，我有一种吮吸的冲动，在这叶尖的甘露里，我看见了旭日朝霞，以及一切与早晨相关的美好事物。带着这样的心境，我进入文字的天空，发现鸟儿们湿漉漉的翅膀，犹如另一种调性的晨歌，内心的悲悯和欣悦平静了我的呼吸。要开花了吧？我问铁树，眼前一片浪漫。

从早到晚，我们不是被这种情绪袭扰，就是被那种情绪驱使。无论是喜悦的情绪，还是烦恼的情绪，都在潜移默化地消耗着生命能量。我们总是在试图对自己的情绪进行管理，这种管理本身也在占用生命能量。不管理不行，管理也很麻烦，最划算的办法是尽量保持内心的安静，从而减少情绪的发生。

早安，万能的光；早安，万能的童鞋！我热爱你们。就满盘旭日，几缕朝霞，一杯永和，行者在江南的假日里享受特别早餐，你们也来一份吗？

有些东西会一生铭记

小时候，我有点自闭症倾向，喜欢一个人瞎想。清晨醒来，晨光照亮窗户，印花玻璃显出不同的图案，我喜欢按照自己的想象，一遍遍将这些图案进行重新排列组合，时而千军万马，时而是熟悉的人和物。夕阳西下，我习惯倚在门前看晚霞，不同的云彩是苍龙也是雄狮，似仙翁又似神女！

我梦见了朝霞晨歌，一个很清晰的梦境，一个从未有过的梦境。我的梦境和曾经见过的早晨有某些重叠：朝霞一样灿烂，但梦中的朝霞更温暖静谧；晨歌一样嘹亮，但梦中的晨歌更爽朗清澈。梦中早晨，我安妥在无思无想的状态，灵魂自由自在地在天地之间漂浮，仿佛处在生命的初年，舒展而纯粹。

灵魂被你牵走，神思飞越天外，在这个静谧而喧嚣的早晨，魔力无比的太阳神，将一股强大的热力注入我的生命。晨曦敲响的节奏，阿波罗的爱情，以及苏里耶的光芒，汇聚成岁月的交响，缓缓荡开苍穹的幕布。我看见一场闻所未闻的演出，渐入佳境。我是谁？谁是我？演员或者看客？编剧还是导演？

　　这个周末的早晨朝霞灿烂，这个早晨的心中普照阳光，阳光下的花朵飘逸芳香。那些年轮的碎片在这样的早晨重新聚集，那些曾经的记忆摊晒在阳光下，那些从未改变的情感正在次第开放。你知道我热爱天亮，喜欢在早晨自由表达，并且熟悉我传递的每一缕气息。我没有忘记，有些东西会一生铭记！

　　慢一点，让你的生活跟上晨歌的节奏，细细品味那舒缓优美的旋律；慢一点，让你的灵魂等一下升起的朝霞，看朝霞怎样精心地鎏金天空和大地。人生的脚步太快，你会错过许多本该属于你的早晨风景；生命的节奏太快，你会踏乱原本流畅的早晨琴弦。我们本就是一个短暂的偶然，没有必要那样匆忙。

　　放慢节奏，将当下的时光拉长，一杯红酒，一壶香茗，为什么不可以品到地老天荒？

　　男人也有寂寞，男人的寂寞来自雄心的阻滞；男人也有孤独，男人的孤独缘于思想的敏锐；男人也会受伤，男人的伤大多属于自残。男人的世界如果过于阳刚，往往遭遇折断的命运；男人的性格倘若过于怯懦，注定淹没在芸芸众生。男人的心中都有一颗太阳一座山峰，男人的寂寞、孤独、受伤均源于此。经得起碎碎念的男人，无坚不摧，所向披靡，攻无不克。

　　今晨的鸟鸣美不胜收，有一两种音色我闻所未闻；今晨的枝头格外动听，有一两片新叶旋律弥新。大自然总有奇迹，在你的一个不经意中荡你心魄，夺你神魂，给你无可比拟的快乐与亢奋。我以上善之心倾听，我以上善之目静观，这世界何其清澈纯美！那些肮脏的胶囊，与这样的早晨多么格格不入！

　　扬善是一种善，惩恶也是一种善；作恶是一种恶，纵恶也是一种恶。对待毒胶囊等给全人类下毒的食品药品安全问题，应作如是观。平和的人不等于没有正义感，善良的人不等于对罪恶无限宽容。譬如朝阳普照了万物，同时也驱散了鬼魅，面对善要像早晨那样温良平和，面对恶要像朝阳那样爱憎分明。

　　跟随一束阳光前行，遇见的必然是温暖与灿烂。即使一颗潮湿而忧郁的心，久而久之，也会因这束阳光变成太阳。一生中，做太阳那样的发光体，哪怕一次都是巨大的幸福！为了这样的幸福，那束阳光值得你终身追随。

　　贪欲淹没了心智，一如乌云遮蔽了太阳，今晨，我的第一念不是善良，也不是恶，而是厌恶。普天下根本就没有什么圣人，别拿我当圣人，我只是一个时刻不忘自我教育的凡夫俗子，没有佛那样的度量，不要试图挑战我的底线，惹不起我躲得起。我在参禅的路上，不想走火入魔，别逼我！

　　做大家心中的太阳，给人温暖和灿烂；还是做大家头顶的乌云，令人烦恼又忧郁，你可以任意选择。你的选择决定着大家的选择，被拥戴还是被抛弃，就在你的一念之间。世上从来就没有什么真正的独行侠，没有人能够独立于群体之外。群体是水，你是舟，水可以载舟，水也能覆舟，你不可以随心所欲。

　　当我们迷失了人生的目标和航向，当我们失去了生活的快乐与梦想，当我们暗淡了精神的愉悦和想象；当我们缺失了灵魂的天空和翅膀，请不要气馁，更无需绝望，早起吧，让朝霞为你指引，让晨露为你映照，让鸟鸣给你灵感，让晨风带你翱翔。

拈花一笑

　　群星争耀，如果你是最亮的那一颗，不争也会夺目；百鸟赛歌，如果你是声音最悦耳的那一只，未赛已见输赢。不要埋怨人家看不见，要怨就怨自己不够亮；不要担心别人听不见，而要自问一下自己的声音是否有特色。

　　林子大了，什么鸟都有，鸟以群分，各唱各调，乃鸟性使然，怎可强求一律？我想，不管它是什么鸟，也不管它属于哪个鸟群，发什么声，唱什么调，都是它的权利，是天赋的鸟权，鸟与鸟之间，鸟群与鸟群之间，都应该互相尊重，没有必要你死我活。倘若林子毁了，跑，是鱼儿就畅快地游，这恐怕就是它们各自最好的选择。人类有没有自己的宿命？我不好妄言，各人有各人的判断。

　　飞是鸟儿的宿命，跑是兔儿的宿命，游是鱼儿的宿命。这世界到处充满宿命，你可以不服，却无法改变。是鸟儿就快乐地飞，是兔儿就尽情地跑。

你一定要懂得欣赏自己

阳光照亮了早晨，有人欢喜，感恩阳光驱走了黑暗；也有人不高兴，诅咒阳光干扰了睡眠。这就是事情本来的样子，阳光如果在乎，是不是也会手足无措？事实是，阳光还是继续走自己的路，因为她确信自己顺应了大多数人的需要。

如潮的朝歌里，我驾起光明船，在众生的海洋上航行，渡往生命的彼岸。我每天早起的第一件事，就是欣赏自己。我感觉一同欣赏我的还有朝霞、旭日和鸟鸣。就这样日复一日，我内心的自信被点燃，火焰一天比一天高。我是这个世界上的唯一，没理由不欣赏自己，倘若连自我欣赏的勇气都没有，又怎么能指望被别人欣赏？人活着可以不被别人欣赏，但自己一定要欣赏自己。日出是我灯塔，心灵为我领航。

山间瀑布 一叠两叠三叠，叠叠都是情怀，思想奔走千年，每一步都是海的梦想，每一缕都是云的回忆。

一大早起来，上网，看新闻，看到韩寒代笔门一节，觉得好笑，网络时代，出名最重要，粉丝最重要，诚信靠边站，质疑有市场，揭弊很流行，真相是浮云，你炒我炒大家炒，才是王道。不炒，凡人不能一夜成名；不炒，名人也会瞬间销声匿迹。

雷雨交加，我关上电脑，随手从书架取来《目送》阅读。龙应台说，所谓父女母子一场，只不过意味着你和他的缘分就是今生今世不断地目送他的背影渐行渐远。《目送》的精髓就是三个字：不必追。事实上，多数人不懂目送的真正内涵，总在追，追着追着丢失了自我。

太阳升起来，就一定会以自己的方式走下去，怎么走得最璀璨就这么走，既不在乎乌云的搅扰，也不被风雨左右。太阳知道，自己只要升起来，哪怕再小心翼翼，都难免乌云风雨的觊觎和评头论足。如果总是在乎，总是被左右，太阳就会裹足不前，无法展示自己应有的灿烂。做太阳就要有太阳的担当。

早晨，天气阴郁，旭日和朝霞被云层暂时遮蔽，这个周末，我的心会晴朗吗？当然会依旧晴朗，因为我心中有旭日，有朝霞，有光明正大；有慈悲，有上善，有明心见性的理想。起正念，如正法，和早晨一样行事做人，每天都会天亮，阴郁是另一种晴朗，风雨是另一种阳光。

心里有事，就睡不踏实，我近年来第一次体会醒错时间的感觉。本来准备早晨4点半起来赶稿，结果凌晨1点半就醒了。我向来是每夜一觉到天明的习惯，中间醒了，再睡就更不踏实。索性起床赶稿，这一赶就把鸟儿们赶醒了。现在5点多，原本就是鸟儿们的起床时间，她们醒不醒，实在不干我的事。

如果将热闹的鸟鸣听成了争吵，烦恼便上了你一日的头条；倘若将早晨嘈杂的市井声当做生命的歌唱，欢喜就成为你生活的序曲。一天的开始，请关照好我们的六根，眼里有欢色，耳中有欢声，闻到的是欢息，尝出的是欢味，生起的是欢心，你的日子就是天堂。

　　旭日是早晨的慈悲心，朝霞是早晨的愿力。晴朗或是阴雨的日子，我们看见还是看不见，早晨的慈悲心和愿力都在那里。对鸟鸣的一次倾听，对珠露的片刻凝眸，内心上上和爱的点滴生发，都是旭日的升起，朝霞的灿烂。

　　朝霞不是为了特意给谁看才灿烂，旭日不是为了自己出风头才升起。平凡的思维很难理解伟大的境界，狭窄的心胸怎么包容广袤的世界？你要理解朝霞，就让自己成为一片朝霞；你要懂得旭日，就让自己成为一轮旭日，没有别的办法。

　　开过，灿烂过，花的一生就有意思，被不被欣赏，不是花的事情。

　　将清晨的鸟鸣听成美妙的音乐，还是扰人的噪音，全由你的心境来做主。我们这些凡夫，总是活在外境里，一个风吹草动，心都会摇摆不定，一切的痛苦恐惧如影随形。心如做主，处在恒常的慈悲欢喜中，这个世界哪里没有美好，生命的分分秒秒都妙不可言。

　　鸟鸣清亮透明温润，仿若静水真如，犹如觉悟禅心。正念和旭日一同升起，慈悲上善的光芒，普照虚空法界。我非我，花非花，在无始无终的时间里，我们和一滴露珠同行。我是我的分身，花是花的云影，这一刻我面向娑婆，踏上花路；那一刻，我在净土，脚踏祥云。这个早晨的这个当下，我是一道佛光。

　　鸟儿们即使互不相识，也能共同唱好同一首朝歌，因为她们拥有同一个早晨舞台，面对的是同一部光明乐谱。天南地北的我们，即使非常陌生，但灵魂可以想通，因为普照我们的是同一轮朝阳，灿烂我们的是同一片朝霞，我们的心率在晨风里同频共振，我们的微能量在呼吸中彼此交融。同一个世界，同一片蓝天，同一个早晨，我们正在共同谱写同一首生命的乐章，你我是独立的，其实又是一体的。

阳光照在我脸上，本来不帅，竟一下子帅了几分；阳光照在我心上，本来心情阴霾，竟一下子晴朗了。这个周日，阳光真好，我没有理由不帅，也没有理由不灿烂。

旭日是自己升起的，朝霞是自己灿烂的，早晨是自己天亮的。要想发光，就必须自己发光，不要指望别人将我们照亮。除非自己燃烧，谁也不能将我们点燃。这一生，如果必须事必躬亲，那是人生本来的样子，我们只能欢喜承受，不能心怀抱怨。伟大的旭日，美丽的朝霞都能欢喜承受，我们有何资格抱怨？

比
较
的
人
生
难
自
在

　　早晨天亮，这样的事实极少被人误读，而我们的语言和行为，尤其文字，常常被人误读，这是为什么？答案很简单，原因是我们没有早晨那样简明直接，缺乏早晨那样的严密逻辑。是旭日就升起，不拖泥带水；是朝霞就灿烂，不遮遮掩掩，这就是早晨。我们师承早晨，要学习的是这些绝招，而非花拳绣腿。

　　一滴清澈透明的珠露，在早晨的草叶上用无声的旋律歌唱。谁能听见珠露的歌声，谁才能真正地理解生命。一滴珠露的一生只有一个早晨，她从没有感觉生命短暂，不惶惑，也没有犹疑。她也从没有觉得自己微小，收摄旭日，敛入朝霞，她和旭日朝霞同体共光，自有一种无需张扬的伟大。和一滴珠露相比，我们的人生过于久长，请扪心自问，我们这一生是否清澈，是否比一滴珠露更灿烂？

　　早晨醒来，不贪恋舒服的床，这就是禅；旭日东升时，自己心里的朝阳自自然然升起，这就是禅；朝气中吐纳，没有纷乱的念头飞扬，这就是禅。所谓禅，就是时时刻刻做得了自己的主人，在任何外境的推揉之下，我自岿然不动。大千世界再怎么喧嚣，我的心始终不嘈杂；风再大，我仍是一潭静水。

五年前的一个早晨，我和往常一样早起，不同的是，这个早晨，我在微博上写下第一条每日问候，将我看见的早晨和早晨感觉，通过文字随同问候一起，传递给我的微博粉丝。随着每日问候的继续，我获得越来越多的粉丝回应，因为这种回应，我的一个无目的的行为变成了恒常的坚持，几乎从未间断，每日问候，一如青春无悔。

喜　欢

青春散发着一种浓烈的芳香，即使你离青春已远，远到再也看不见她的踪迹，但那种芳香依旧隐隐跟随着你，让你在某种情境中不经意地被她迷醉。这就是青春的魔力，似酒如烟，容易让人上瘾，且一旦上瘾就永生无法戒掉，你不知道什么时候会犯瘾，会为之涕泪交加。即使我们已老，但青春从未离去。

倘若时光倒流，便做一个携笔仗剑的游侠，策马扬鞭，追随风的脚步，踏遍世界的每一个角落，用诗歌和朝霞灿烂每一颗心灵。这一世，百年太短，要是能借，我愿以所有的未来世付息，贷一百年的青春。追随晨光旭日，传递爱与上善，需要青春的激情与力量。如果借无可借，我也要让余生燃成青春的烈焰。

比较的人生难自在，因为比较，乐不长久，苦却恒常。苦乐都是对心的磨损，唯油然而生的欢喜，才可接近真如。你见过比较的旭日和朝霞吗？因为从不比较，朝霞和旭日从来无所谓乐，也无所谓苦，属于她们的只有灿烂的欢喜，光热的慈悲。其实，苦乐也是种比较的存在，不比较，才自在。

旭日是一味灵丹妙药，可以医治天空的黑暗；心中的善爱也是一味灵丹妙药，可以医治心灵的恶疾。我就是一个采药人，每天早起采集旭日和善爱，为自己，兼及有缘人。旭日和善爱这味药，灵就灵在可以祛病，妙就妙在可以养生。有病治病，无病养生，心康体健，才能享受幸福安详的人生。

别人怎么选择，那是别人的事情；别人怎么做，那是他们的自由。我始终相信，精神向上，内心阳光的人永远是这个世界的大多数，任何社会，任何时代，都需要一种精神向上的引领，都需要内心阳光的人。我们也许不能引领他人和社会精神向上，但我们可以让自己保持内心阳光，精神向上。向上才能接近天堂。

喜欢早起，钟情旭日，是因为有一颗向上的心。早晨是光明的缘起，旭日是向上的引领，追随光明，积极向上，我们的生活才有了方向，人生才有了目标，生命才有了源源不断的正能量。当早起成为习惯，当旭日成为收藏，我便与早晨一起，我便和旭日同光，朝霞里灿烂有我，鸟鸣中我亦歌唱。

既是早晨，就要天亮，这是大自然的执着，这样的执着给大地以光明，育万物而无声。倘若早晨，想天亮就天亮，想不亮就不亮，大自然忽左忽右，随心所欲，没有定性，那么这个世界会是什么样子呢？生而为人，就要追求幸福人生，这是我们的执着，但执着不是偏执，一偏执就会离追求的幸福越来越远。

机缘未到时，求也无益；时运爱你时，不求自来。遭遇困厄时，要自稳阵脚，一帆风顺时，要慈心待人。养成自我教育的习惯，每天时时温习，你会发现自己潜移默化就有了驾驭内外部环境的能力，在任何情况下都能微笑面对，泰然处之。早安，轻松开始一天的生活。

朝霞让我知道，世间所有的画笔都不算什么；鸟鸣让我明白，世间所有的旋律都不算什么。读懂了早晨，你就会了然，世间的一切其实都不算什么。我不可能变身旭日照亮大千，故只求照亮自己和有限的周边；我不可能像一滴晨露那样清澈晶莹，故从不忘荡涤自己的灵魂。承认自己的渺小，才能修一颗伟大的心灵。

太阳离我们越来越近，多数人喜欢阳光，却又害怕烤炼。灵魂如赤子，有裸体之美。衣服穿得越严实，越是为掩饰灵魂的某种缺陷。

朝霞说，光明是对的，所以要每天升起；晨风说，自由是对的，所以要不停脚步；鸟鸣说，欢乐是对的，所以要热爱欢歌。我说，信仰和希望是对的，所以要歌颂早晨。朋友说，友爱是对的，所以要"每日问候"！你的问候，我的问候，大家的问候，是人世间最美妙的节奏。

重要的不是成败输赢，而是觉悟和慈悲心，这是我对人生的看法。仿佛太阳的升起，重要的不是炫目灿烂，而是传递热能和光明。人的一生，不过一次短暂的生灭，不在于拥有还是失去什么，而在于是否对与所处的世界有益。我活着，不管怎样渺小卑微，我都愿意让自己尽量有益，哪怕一句寻常问候。

此刻，你的责任就是出发

做一只晨鸟，就拥有最新的天空；做一缕晨风，就拥有最早的风景；做一滴晨露，就拥有最新的晶莹。早晨的一切都是新的，朝霞刚刚醒，万物刚刚醒，众生刚刚醒。夜晚走失的灵魂，纷纷踏上回家的路，如果早起，会和不同的灵魂相遇，或擦肩而过，或结下因缘。

天亮了，你醒了，与其闭目回味昨夜梦境，不如静心聆听鸟的歌声。你会从歌声中听出一种感动、一种热烈、一种情思；你会歌声中听出一种希冀、一种动力、一种豪迈。不管昨夜的梦境缠绵还是惊悚，都已成为过往，属于生命的收藏，此刻，你的责任就是出发，在朝霞指引的路上继续人生行程。

回过头来，朝霞正对你微笑。没有不能战胜的黑暗，只要你心中还有阳光；没有不能战胜的邪恶，只要你心中还有善良；没有不能战胜的绝望，只要你心中还有希望。在这个凉风习习的夏日清晨，请你记住，一次勇敢的摒弃，抵得上对黑暗的无数次诅咒。

　　早晨让走过黑夜的眼睛找到光明，早晨使越过无声的耳朵到乐音。为什么早晨总是与希望相连，因为光明和音乐足以带你飞。光明指引飞翔的方向，音乐伴随前进的翅膀。鸟鸣和霞组成声光世界，晨风和露滴舒展心灵情思。早晨的自然很多彩，早晨的飞翔不寂寞，早晨的生命最生动。

　　我信仰早晨，生命为早晨而张扬。早晨是新生的开始，早晨是理想的跑道，早晨是奋斗的号角，早晨是成功的序曲。从光明的希望中出发，披着灿烂的朝霞飞翔，我灵魂愉悦，内心坚定。不管前面是朗朗乾坤，还是荫翳蔽日，都不能影响我前行的脚步、必胜的信心。

　　早晨总是让我心旷神怡，度过漫漫长夜，被晨风轻抚，沐浴灿烂阳光，一度慵懒的身体重新复活。尽管早晨和假期一样短暂，但她的注定君临，总能鼓起我生命的帆。因为早晨，我不再眷恋停泊的锚地；因为早晨，我不再沉迷温柔的港湾。人生的航程依然很长，永恒的晨光正等候在我必须抵达的遥远彼岸。

　　一只野鸽子和另一只野鸽子正在对歌，声音高亢，音色优美。穿透百鸟的和声，穿透我浅浅的梦境。走进浓绿的林荫，呼吸新鲜的空气，打开思想的闸门，心灵被晨光照亮。野鸽子依旧唱着本色的恋歌，一颗露滴从某一片叶子的叶尖滑落，溅出晶莹心羽。在这个不太闷热的早晨，我的翅膀缀满飞翔的冲动。

　　不管你喜欢不喜欢，该天亮时天就亮了；不管你热爱不热爱，该歌唱时就唱了。早晨总是那样终于职守，绝不独享朝霞、私藏鸟语；早晨总是那样无私，从不吝啬光明和旋律。理由向早晨学习，学习她的恒常，学习她的胸襟，学习她的豁达与博爱。

　　人生百年，三万六千多个日子，属于你的只有三万六千多个早晨。在岁月的长河里，百年只是一滴；在时光流动中，百年只是一瞬。就算不错过所有的早晨，对短暂的人生来说依然缺憾，但又有多少人所有的早晨都不曾错过？错过的越多，缺憾越多，要人生少一点缺憾，就不要把属于自己的早晨白白错过。

细雨敲亮枝头，鸟鸣婉转清澈，微风吹散暑热，晨光点燃心境。在这样的时刻张开抱，拥入胸襟的都是清新；在这样的时刻深度呼吸，沁人心脾的都是愉悦；在这样的时刻拔锚起航，挂满风帆的都是信念。朋友，无论什么样的早晨，都全新而美丽；无论什么样的早晨，都不失希望，不缺激情。

自由的呼吸，和畅的吐纳，如微风拂过鸟鸣，如翅膀剪过天空。愿你的肉身和早晨一样康泰，愿你的心灵和早晨一样健朗。活着是一门艺术，身体是她的舞台；人生是一门学问，心灵是她的承载。健康是通往艺术圣殿的门票，健康是攀登学问之山的云梯，朋友，请珍惜这张门票，请守护这架云梯。

同样的鸟鸣，有人听成美妙的天籁，有人听成喋喋不休的叨；同样的早晨，有人当作希望的象征，因而热爱和赞美，有人当刻薄的监工，因而埋怨甚至诅咒。不同的人拥有不同的早晨，早晨从不会因人而异，她将与生俱来的热情、宽容、慈善和爱献给众生，不求报答，也不在乎任何颂扬或谩骂。

如　愿

早晨是高高飘扬的希望旗帜，早晨是响彻云天的生命号角。从灰暗的梦境走来，过夜晚的黑暗，我在朝霞里拾起信心。手握理想的长矛，挑一盏太阳灯，再次开始为生活冲锋陷阵。怀揣诗歌与梦想，踏着爱的旋律，带着幸福的种子，勇夺下一个人生的高地。

早安！微博。早安！微博以外的大千世界。天亮了，梦远了，迎接我们的是新的生活，新的人生。不管昨天快乐不快乐，从现在开始，可以选择快乐；不管昨天幸福不幸福，从现在开始，可以选择幸福。昨天已成历史，明天需要期待，把握今天，做对的选择，生命由自己支配，快乐和幸福在自己手中。

朝霞钟情早起的人，旭日温暖爱的心灵。奔跑在希望的路上，激情驱散了秋凉；沐浴在阳光之中，世界一片灿烂光明。思想和苍穹融为一体，信念与晨鸟比翼齐飞，你的灵魂前所未有地安宁，你的精神前所未有地高昂。早晨真好，她可以让渺小的生命瞬间变得伟大，可以将生活中的懦夫瞬间变得勇敢。

内心没有阳光，阳光就不会普照你；内心没有希望，希望就会离你远去。你没有强大的内心，这个世界轻易就能将你压垮。不要指望可以逃避，面对才是最明智的抉择。你和我，都是一样的人，平凡得不能再平凡，即使面对，我们也不会再失去什么，因为我们已经没有什么可以失去。面对就有阳光！

越过梦境赶往全新的舞台

　　朋友问行者，你为什么那么热爱早晨？行者答，因为每个早晨都是全新的，新事物总能打动我快乐愉悦的神经，我会因此按捺不住内心的激动，并不可遏制地想给大家传递这种激动。如果你足够细心和敏感，就一定会发现早晨与早晨并不一样，鸟鸣和鸟鸣的韵律千差万别，霞光的味道也如此不同。

　　行者每天早晨都是被叽叽喳喳的鸟儿喊醒的，她们仿佛我的闹钟，总是准时抵达梦的门槛，将我带向一个琉璃世界。或在晨光中左顾右盼，或在微风中甩手踢腿，或对一片鸟羽静静凝望。行者就像一个老小孩，在似曾相识，又从未见过的琉璃世界，放飞好奇，挥洒快乐，开心地涂抹。早晨真好，活着真奇妙！

　　百鸟不图回报的演出，朝霞没有分别的普照，微风毫不吝啬的布施。如果习惯早起，如果愿意去感受早晨的每一个细节，你的胸怀将得以扩展，你的心灵将得到净化。早晨是人生的老师，不必刻意寻找，早晨已教会你生活的全部；不必孜孜以求，早晨已让你懂得快乐。朋友，别辜负了唾手可得的早晨。

　　天空飘着细雨，我知道云层的背后就是朝阳，雾蒙蒙的远方有你的身影。鸟儿依旧鸣啭，时而在空中穿梭，雨丝在羽毛的边缘轻轻滑落。信念就是你的羽毛，希望是一把撑开的伞，在雨雾中飘过，向着朝阳的彼岸。雨是人生的一道风景，是彩虹的前奏，阳光的旅伴。若我是风雨，朋友，你就是彩虹和阳光！

　　细雨打湿枝头，凝成叶尖上的晶莹；凉风吹动鸟羽，传递清澈的婉转。自然的交响催开早晨的序幕，我们越过梦境赶往全新的舞台。没有现成的剧本，没有情节的设置，没有定好的角色，众生都是舞台上的主演。朋友，让我们互致问候，彼此携手，相互给力，一起登台，演好自己吧。

　　闪电、雷鸣、暴雨，这个早晨骚动、喧嚣、热烈，仿佛好戏开场前黑压压的观众席。尽管如此，你依旧会开心出发，因为你知道，穿过雷电风雨，就是朗朗晴空。你不会抱怨鸟鸣在这个早晨缺席，你知道鸟儿与朝阳同在。朋友，这是另一种生命际遇，这样的早晨同样全新而生动，并值得你去拥抱。

　　有一种分享叫早晨。早晨是音乐大师，她创造的旋律属于所有的耳朵；早晨是丹青高手，她泼出的色彩不拒绝任何眼睛；早晨是行吟诗人，她营造的意境向每个心灵开放。这种分享可以开启你的智慧，可以开阔你的胸襟，可以开发你的潜能。学会分享，尽情分享，让分享饱满灵魂、充实生活、丰富人生。

　　我愿意用愉悦去消解这个世界的沉闷，我愿意以愉悦换取对生命的普遍尊重。我们的快乐不能建立在别人的痛苦之上，我们活着也要让别人活着。在众生共同拥有的世界，生命就像阳光，无比珍贵；快乐就像空气，不可或缺。当我们享受晨风鸟鸣的时候，要有一颗希望与别人共享的心。

　　困难，不是裹足不前的理由；挫折，不是绝望投降的借口。困难和挫折总是出现在前行的征途，是希望和成功的前奏。没有茧，就体会不到破茧而出的快乐；怕掉落，就永远不能展现飞翔的美丽。今晨天气闷热，朝霞没有因此迟到，鸟鸣没有因此赖床，与众不同的早晨因此没有被它们错过。

　　如果没有信仰，不妨将早晨当作自己的信仰。信仰是人生的方向，早晨会告诉你方向在哪里；信仰是精神的皈依，晨风会示现你往何处皈依；信仰是生命的希望，希望就在早晨欢悦的鸟鸣之中。因为早晨，你会懂得对众生的敬畏；因为早晨，你会了解天地是何等悲悯；因为早晨，你会洞悉生活的全部意义。

　　如果心中还有理想，如果灵魂渴望爱情，不妨早起，让朝霞坚定目标，让晨风伴你前行，让鸟鸣教你恋歌。翅膀剪出希望的云霓，脚步踏响精神的空谷，呼吸吹拂生命的枝头，请珍惜早晨的赐予，请记住早晨的示现。可以不必匆忙，但一定不要负重，放下郁积的不快，放飞崭新的愉悦，重启激情的人生

　　坚持是一种敞亮，坚持是一种美丽，坚持是一种德行。朝霞的坚持画出世界的七彩，晨风的坚持吹散夜晚的黑暗，鸟鸣的坚持唱响希望的旋律。向早晨学习坚持，在坚持中追求光明，在坚持中发现大美，在坚持中修炼德行。因为懂得了坚持，我的灵魂和早晨同行，在全新的早晨，你的人生我的生命和早晨同在。朋友，要坚持!

　　早起，用一分钟专心鸟鸣，用一分钟期待旭日朝霞，再用一分钟凝视草叶上的珠露，这是我生命中最惬意的三分钟。用三分钟吸纳大自然能量，用三分钟忘我，然后开启新一天的生活。身心灵一起上路，生活就这样充满了旋律、阳光、激情和梦想，人生就这样开始书写崭新的篇章。三分钟，你也有。

　　对善玩机巧的人，要用机智对待。在机智面前，任何机巧都会失去功用。对实诚的人，要用诚实对待。让实诚的人吃亏，给自己带来的一定是心亏。人

什么都可以亏，但不能亏心。不做亏心事，不怕鬼敲门；做了亏心事，鬼必来敲门。机智的人没有惶恐；亏心的人，永远不安。

今晨的鸟鸣充满青春的能量，我被深深感动，在时空的另一个维度上，我被一朵正在盛开的花儿引领，向光的深处飞翔。上善和爱在心中扎根，慈悲和欢喜长成绿荫，一种无法言喻的禅悦结成旭日，仿佛一枚灿烂的生命之果。当下，我借早晨的青春能量轮回，脚踏青莲，手持长卷，且行且歌，自由自在。

用理智调整梦想的高度

　　换个视角看早晨，换种方式来问候。看早晨的视角在变，旭日升起节奏不变；问候的方式也在变；但传递的情感不变。朝霞灿烂，我上善的心也灿烂；鸟儿歌唱，我蓬勃的生命也在歌唱。在无垠的天空大地间，我自由地吐纳让肉身舒展，让灵魂张扬。在梦想和现实的结合部，我深情地微笑，用理智调整梦想的高度，用平和对待现实的艰难。换个视角看早晨，早晨依然晴朗换种方式来问候，传递的仍是正能量。

　　每个人都很了不起，又都没什么了不起。世人各有专长，一个人若拿自己的专长装清高，那么这个人是既不懂人情，也不懂世故，看起来聪明有余，其实是缺少智慧。世上有那么多行当，哪一行都有高人，你在这一行高明，说不定在那一行低能，装什么装呢？行走人间，跋涉江湖，能怀一颗清净平等之心才是大智慧。

　　我说早晨的鸟儿在唱歌，传递的是愉悦；你说早晨的鸟儿在唠叨，宣泄的是抱怨。这不是听觉上的误差，而是心境的不同，不存在是非，也没有对错。

我看旭日就是一种向上向善的引领，朝霞就是梦想和爱的图腾，这是我的事情，你赞成还是反对，赞美或是批评，那是你的自由。

　　我很少用闹钟，叫醒我的一般都是鸟鸣。早晨的鸟鸣是大自然的节奏，跟上这样的节奏，我的身体也成了大自然的一部分。我从不赖床，因为心中有旭日和朝霞，是旭日就要升起，是朝霞哪能不灿烂。我是属于早晨的，只有走进晨光里，和鸟鸣、旭日、朝霞融为一体，我的生命才最舒适最安妥。

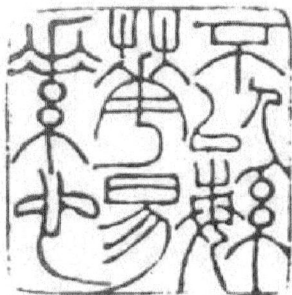

不以繁华易素心

旭日低调吗？非常低调，面对鸟儿们的赞美，她永远保持一种默默的谦逊。旭日张扬吗？特别张扬，它以朝霞的灿烂，向全世界证明自己的存在和价值。早晨的永恒伟大在于，集中低调与张扬为一体，既很谦卑，又很自信。我从早晨那里学习很多，受用无穷：取旭日的低调做人，用旭日的张扬做事。

　　我以旭日的名义起誓，这一生会爱早晨到底，不为别的，只为修一颗光明心。如果有来世，我需要光明心继续指引；如果没来生，我就融进朝霞里，成为光明的一部分。我需要源源不断地吸收光能量，让光能量充满我的肉体和灵魂。

　　今晨被鸟鸣唤醒，内心升起一股晴朗的喜悦。本周以来，每个早晨都淹没在雨声中，泥泞的心境，潮湿的生活，令我厌倦。我是属于旭日和朝霞的，璀璨的升起，灿烂的泼洒，那才是生命的快慰，人生的喜乐。这场夏雨着实下得久了点，让鸟鸣都变得有些陌生了，就此打住吧，将阳光还给阳光。

对我来说，早晨是最甜美的时光。将有生以来经历的所有早晨串联起来，我发现自己获得的是最蓬勃最灿烂的人生。因为旭日朝霞的收藏，我的灵魂总是晴朗，生命里从不缺阳光。那些欢快的鸟鸣，清澈的晨露，都被我摄入了心的镜头，装订成岁月的相册，留作这一世最珍贵的收藏。一生很短暂，早晨实稀缺，我庆幸自己迄今没有无辜地错过任何一个早晨。

每天练习爱的冲动，这是留住青春的秘诀之一。让青春褪色的不是岁月，而是爱的氧化；让生命锈蚀的不是时间，而是心灵的风吹雨打。不停歇爱的脚步，心灵的天空永远晴朗，人生中便四季春光。

今晨有雨，起床后，我对书房的西窗而坐，安身在巨大的寂静里，忘却了时间，也忘却了我自己。此刻，我收回心神，在雨的缝隙里追踪鸟鸣，在光明里追寻朝霞旭日，从悠远的欢喜，回归到切肤的感动。世间没有林清平，云空万里，我得大自在；心中有了林清平，五蕴充满，我失平常心。雨还在下。

闪电、雷声、雨，是这个早晨最活跃的元素，你身体里某些沉睡的机能被它们唤醒，精神里的某些记忆被它们触碰。那些年，箬粽飘香时候，梅雨季节来临，总有一种潮汛在胸中汹涌，生命的堤坝变得无比脆弱。在每个渴望旭日朝霞的早晨，我就像一叶起锚的小舟，既迷茫又激动。没错，如果没有雷雨中决然的出发，风浪里坚定的前行，就一定不会有我后来人生中的旭日阳光。

对尘世间的俗物眷恋越少，我感觉自己的身体越轻松，精神越轻盈，生命越轻灵。跟旭日一起东升，跟朝霞一道灿烂，跟鸟鸣一同欢悦，我的早晨也因此辽阔而生动。这一世，从生到死，不过就是一场仪式，因为不能逾越的仪轨，我们才如此狭窄而沉重，别错过了光，错过了热，活成一具冰冷的衣架子。

雾蒙蒙的早晨，我坐在书房里赶稿，什么都没有看见，我不想看见的，就拿定主意不看，这是我能自主的，干吗不自主？现在，我赶完稿，内心正大光明，看在眼里的雾蒙蒙也不那么可憎，欢快的鸟语带你入另一个境，那里旭日正升，朝霞灿烂，露珠清澈。

旭日不会因为某个人的赞美，而偏私这个人；旭日也不会因为某个人的谩骂，而记恨这个人。学习旭日的谦逊，也要学习旭日的宽怀，我是旭日派，你的羡慕还是嘲笑，我都当作是学习必须攻克的难题。我希望自己的存在，让周围的人都舒服，但我不可能为了某个人的不舒服，放弃我所有的坚持，旭日也从未做过这样的示范。此刻，有云蔽日，不代表旭日在这个早晨缺席，她照样升起，她就在那片鸟鸣、那滴珠露之中。

你眼里没有太阳家族，没有旭日派，你对灿烂的朝霞毫无感觉，对欢快的鸟鸣无动于衷，请谨慎接近我这个忠实的早晨分子。尽管我不想带给任何人哪怕一点不快，尽管我想让所有的有缘人都因为我活得更舒服，但不是所有人都能理解并接受我的善意，譬如善美的早晨，也可能被一些人讨厌和不屑。

做一个自主的人

不是因为天晴精神才好，而是因为心情好，天气也跟着转好，这叫做境随心转。你要做一个主动的人，就不能心随境迁。早晨美不美好是早晨的事情，有没有日出和朝霞跟我其实没有一点关系，我要晴朗，并非朝阳的原因，朝阳之美，实际上是我内心的描绘。这不是唯心，我也不崇尚唯物，物质和精神在我这里不能须臾分离，仿佛手心手背，少了哪一个手都不存在。就是这样，生命要自主，生活要自主，人生才能自主。旭日自主才能升起，朝霞自主才会灿烂，你不自主何来快乐与自在呢？

淅淅沥沥小雨，并未影响鸟儿们的热情，她们可着劲儿地赞美着这个新生的夏日早晨，那种兴奋是发自内心的，没有任何矫情和功利色彩。这场小雨，同样没有影响我的心境，穿过雨的缝隙，云的迷茫，我仍然看见了旭日东升，朝霞喷涌。

倘若认识了世界的无常，人身的难得，生命的稀有，灵魂的不灭，在你眼里阴晴雨雪的气候，春夏秋冬的四季，生老病死的人生，其实都是如一的，没有这样那样说分别。

夏日晨雨，烟云江南，我盘坐在书房的西窗下，诵金刚般若波罗蜜经。应无所住而生其心，生大光明心，旭日升焉，朝霞灿焉，无成住坏空，无我人众生寿者，觉悟的彼岸，脚踏着莲花。我的佛，我的主、基督、耶稣，早晨无边的慈悲，广博的爱，聚合了太阳无穷的能量，让我们心平气和，生命安妥。

曙色里诵金刚般若波罗蜜经，身心空灵悠远，水在源头，云在天边，娑婆世界，光明一片。一滴智慧的晨露，将我带向生命的原初，在累生累世的跋涉中，我追随花的倩影，莲的芳香。一粒微尘，一颗菩提，无量悲心，无边般若，在中国江南，在池州九华山，在佛座前，诵读金刚，何其殊胜。

晨光、曙色、鸟鸣、珠露、旭日、朝霞，这些人世间最美的字眼，不仅带给人身心的愉悦，也左右着人们的流年运气。我的清平世界，安详人生，从每一个早晨开始，随每一轮旭日成长，共每一片朝霞灿烂。早晨给我的是向上向善的引领，爱和上善的正能量撑开我生命的蓝天，晴朗成为我生活的主色调。

阳光灿烂的早晨，行者和豆豆漫步在江南大地上，有一种很强的画面感，更有一种诗意。这不是早晨版的老人与狗，这是生命成长中的相逢相伴。一切众生，所有的生命，在行者的早晨时光中只有清净平等。阳光照我，阳光也照豆豆，被照耀是一种美好，感受到内在阳光的温煦，更是一种美好。

风有形，雨有声。风停歇在窗外的枝头，雨洒向江南的草叶，风也庄严，雨也清净。趺坐天地间，我诵读金刚，口吐莲花，无人无我，无思无想。此刻，当下，我即须菩提，我和释迦牟尼佛融为一体。见我的风雨，遇我的万物，皆有殊胜的缘分，可以得见旭日朝霞，可以得到智慧的加持和度化。

春天的风，夏天的雨，春夏的风雨，即使不那么可爱，也仍然美好。仿佛人在青春年少时经历的生活风雨，那不叫风雨，叫诗和远方。今晨，夏雨为江南涂上一层翠绿，扑入眼帘的景象，都像我曾经见过的翠峰。没错，是翠峰，还有那座寺庙，那个叫印刚的和尚，以及金刚经和打坐，这样的早晨好禅意。

清晨5点醒来，室外雨声喧嚣，行者对苍天心有不悦。近来多雨，多地已经洪涝成灾，农村庄稼被淹，城市小区成海，老天还不适可而止，岂有此理！此刻，雨歇鸟鸣，青枝转忧成喜，但犹见叶尖挂泪，仿佛稚儿破涕为笑。苍生维艰，苍天应有悲悯之心，行者立此短文以达天听，祈请给人间一个风调雨顺。

早晨的雨是落在鸟鸣里的，虽然有些湿漉漉，但没有一点泥泞。撑一把伞出门，我在一片晴朗的天空下行走，旭日在我头顶，朝霞披在我身，那些雨滴犹如心莲上的珠露，清澈而甘甜。我若晴朗，雨天也是一幅阳光灿烂的图画，有日出，有善美，有无穷的禅意。

炎热夏天，我一样迷恋旭日，热爱朝霞，在早晨的鸟鸣中我依然能听出春天的诗意。爱和上善犹如呼吸，须臾不可或缺；慈悲和怜悯仍旧肃穆庄严。对一个心平气和的人来说，生活所经，人生所遇，无论善缘还是逆缘，都是爱与上善、慈悲和怜悯不可缺少的资粮。

清晨，我盘坐在晨光中，空掉昨夜的梦，让安静充满心头。时间虽然短暂，却仿佛比一生还要悠长，我融进安寂的宇宙之中，看见了自己的全部真相，欢喜又妥帖。爱和上善随旭日升起，微笑和朝霞一起灿烂。倘若是快乐而舒坦的，此生就是来生，人世即为天堂，可以信仰宗教，也可以信仰早晨。

有雨又闷热的早晨，打坐是抵达晴朗又凉爽的最佳方式之一。感谢智者教给我们这个笨方法，对凡夫俗子而言，有些笨方法是转凡成圣的方便通道。在雨声中辨认鸟鸣，在雨的缝隙里接近旭日和朝霞，在平心静气中涵养爱与上善，让每一个当下被快乐充满。

旭日升起，不为谁的赞美；朝霞灿烂，不是为了逗谁开心。这是早晨本来的样子，犹如我的早起，不是为了诵经打坐；犹如我的码字，只是为了上善和爱的表达。太阳不会为哪一个人升起，我又怎么会为某一个人着笔，或颂扬，或鞭挞，或喜悦，或忧伤，那都是我面对这个世界时自然的流露。早安，诸位！

让快乐成为早晨第一念

早晨第一念，影响我们一天的心情。你要快快乐乐，早晨的第一念就要快乐。人有了快乐的念头，才能快乐地做事，只有快乐地做事，才有快乐的生活。人和事是分不开的，有人就有事，做事即是做人，起快乐念，快乐做事，做快乐事，你就是个快乐的人。人只有快乐了，生活才会幸福，人生才得智慧，生命才能安详。

好些个早晨，鸟鸣都被雨声淹没，今天，鸟鸣终于恢复了它原来的样子。这世界是无常的，又是恒常的，你认识、懂得并顺应了这种恒常和无常，鸟鸣就在，旭日不远，朝霞还来。于是这般，有雨还是无雨的早晨，对你来说，都是一样的，哪里有什么区别呢？朝霞以一千种形式出现，她还是朝霞；旭日以一万种面目再来，依旧旭日啊。

我从叶尖的水滴中看见了旭日朝霞。心不为雨所

乐在其中

动，安静晴朗照旧。

上善若水，改一个字，就非常契合今天这个早晨，叫上善若雨。事实真的是这样吗？事实是我们起了分别心，雨和水难道不是一回事吗？

夏至后的第一个早晨还这样凉爽，江南真是宜人的地方，活在这样的地方也是幸福一种。尘世是人这辈子的必经之地，有意义没意义，有意思没意思，你都得从这里通过，你都得走完这段旅程。因此啊，找不到意义，你就找点意思；找不到意思，你就找点意义。两者都找不到呢，你起码也要图点舒适。早安！

俗话说，六月的天，孩子的脸，说变就变。这话一点没错，就在这短短的早晨时光里，天阴过，雨下过，现在呢，则是阳光灿烂，白云蓝天。也好啊，这样的早晨，内容丰富多彩，连鸟鸣都有可能被忽视啊。那么动听的鸟鸣，也有被忽视的时候，天下事本无常，以恒常的心习惯无常，你就开阔了，晴朗了，灿烂了，阳光了。

微风将旋律荡上枝头，鸟鸣在微风中轻轻摇曳，江南温婉而安静，我的心也因此妥帖而安宁。一朵莲花，兀自开放，若无犹疑，自在安详。

早晨，热闹的鸟鸣，让人获得一种燥热中的安静。人在安静中才能平心静气，人只有心平气和才能和这个世界柔软相处，大家都能够好好相处，人间才是美好人间。

从安静的雨声中醒来，我认真地捕捉一两声鸟鸣，仔细辨识旭日和朝霞的味道。一场过境的台风，除了带来一些雨水，还会到来一些别的东西，譬如海的气息和云的律动。不管什么样的早晨，在我的生涯中，都是一次爱的起航，美的出发，善的扬帆。

作为常人，早晨醒来，我心情喜悦，因为我还活着，活着是常人最大的幸福。虽然活着的每一天都是磨练，有磨练难免痛苦，但这和活着的喜悦相比，不算什么，是痛苦并快乐着的。因为喜悦，我们要爱和上善；因为痛苦，我们一样要上善与爱。活着有爱，活着有上善，活着才有意思，快乐也好，痛苦也罢，都是活着的燃料，我只能欢喜接受，不能横加拒绝！

距离产生美感，距离带来舒适感。离日出太近，早晨一定酷热难当；离朝霞太近，就看不见她的美丽。今晨很热，汗湿的鸟鸣，紧贴在身体上，仿佛被泼了一瓢滚烫的开水，火烧火燎地。在近日点上，我们的心一定要静，唯其如此，菩提绿荫才会庇护我们，生命甘露才肯送我们清凉。

阳光灿烂的早晨，气浪灼人的夏天。请借我一匹马，我想以最快的速度穿越炎热的季节。

一个热爱早晨，眷恋日出朝霞，在鸟鸣晨露中不断发现美的人，心灵一定足够阳光，精神一定足够向上，品行一定足够善良，生活一定不会单调，人生一定丰富多彩。我得出这样肯定的结论，是因为对自己的深刻认识和了解。倘若阳光、向上和善良与我无缘，我又怎么能每天坚持早起，从不间断地问候呢？

我热爱早晨，是练习和光明同在。在无始无终的岁月里，在无边无际的穹苍中，我是一只小小的飞蛾，一程又一程地追寻着光明和清净。这一世，我遇见旭日和朝霞，感恩造化让我投身在太阳系，让我暂时栖身于地球。为光明和清净而来，我用上善和爱点燃自己，只为从此融入大光明中，成为宇宙之光的一部分。

天亮了，今天和昨天貌似相同，就连鸟鸣和闷热的程度也极为相似，那么，你的生命，你的生活，因此会再重复一次吗？不会的，你的人生绝不会重来，要么你比昨天更好，要么你比昨天更不堪。其实啊，即使相似度再高，也不会有两个早晨完全相同，正因为不同，生活才有味道，生命才有意思，每一个新的日子，才值得我们笑脸相迎。

江南的早晨不会这样雾蒙蒙，她是爽朗而清净的；也不会有这般喧嚣的市声，装扮她的是清脆悦耳的鸟鸣。我不习惯中国的都市，却十分钟爱她的江南小城，尤其是池州，这座对很多中国人来说非常陌生的城市。虽然很小，但她小而美，小而净，亦宜居。这里的早晨永远弥漫着檀香的味道，这里的旭日和朝霞没有一点杂质，这里的呼吸最畅快，这里的心灵最安妥。

早起，能隐约听到公鸡打鸣的声音，住在这样的城市，最大的好处是享受安静。隐约的鸡鸣之后，是鸟儿们的歌唱，各种鸟鸣声组成的旋律，比人类创作的音乐优美。在早晨的合唱中，哪些虫子不甘寂寞，用密集的音符顽强地证明着自己的存在。

有人问我是干什么的，我说我是早晨收藏家兼时间收集师。我用文字将生命中的旭日朝霞收藏起来，在风霜雨雪的日子翻阅，让潮湿的生活变得晴朗，让阴冷的日子变得温煦。我用思想将时间的碎片收集起来，经过精心的编辑设计和装帧，变成一本又一本精美的图书，这些图书将砌成我人生的纪念碑。、

秋雨滴答到天明，冷了夜梦，湿了早晨，泪珠儿挂在了叶尖上。在挤得出水来的春天，即使天天飘着细雨，我依旧觉得诗意；在嘴唇干裂的秋季，即使偶尔下一场小雨，我

也倍感生命的落寞。成长的路上，喜悦还喜悦不够，哪有时间感伤？凋零的日子，即使快乐堆在面前，你也难免忧伤。人啊，如果不能自己做主，就只能被外物牵着走，赶着转。

细雨湿润了鸟鸣，思想辽阔了心境，秋天的早晨，我在岁月的静谧里倾听上善和爱的回声。日出朝霞的风采，蓝天白云的样子，丰盛了人生的收藏，每一个曾经的日子，每一个生活的细节，都深深地烙印在生命里。窗外，野鸽子的叫声潮潮的，一片水分流失了的叶子慢慢凋零然后重生，这就是真实的世界。

美是用来发现的

朝阳也有被误解被批评的时候吧，譬如一个睡懒觉的人，就不喜欢朝阳晒他的屁股，不小心晒了，人家会以为你是故意找茬，不骂你才怪。好东西只有放在对的地方才是好东西，放的不对，再好都不好了，甚至被看得很坏。今天早晨天有点雾蒙蒙的，不见朝阳的踪影，我以为缺憾，或许有人却非常喜欢呢。

天亮是早晨的分内事，哪能心不在焉，随心所欲？旭日在她该升起的时候，不能睡懒觉；朝霞在她该灿烂的时候，必须上舞台。这就是天道，只能顺应不可出轨。天道之外，地道和人道也是一样的。地道者，春华秋实，春种秋收；人道者，生老病死，吃喝拉撒。行在道上，各自安好，若有违逆，地动山摇。

美是用来发现的，没有发现，就没有美。譬如旭日之美，朝霞之美，晨露之美，鸟鸣之美，如果被忽视，她们再美也只能孤芳自赏。感谢那些发现美，记录美，描摹美，传递美的人吧，他们比美本身更值得人们尊重。

今晨起笔，我们用又一个七天画圆，画不画得圆，就看你用不用圆规。无规矩不成方圆，所以，上班的人要签到，或者打卡。

昨晚睡得早，一觉醒来已是早晨6点多，这在我的生活中是极少发生的事情，一般来说我都是晚睡早起。没出去晨练，就在家里的阳台上划拉几下，但和室外晨练还是有些差距，少规矩多放任。昨天家人遇见一人卖荷花，不忍这些美的东西被糟蹋，便买来插在花瓶里养着，让莲花的香气弥漫我们家的居所。

断烟近3月的我竟然特别想抽烟，好在我断的不是烟，而是当下抽烟的念头，所幸没有被念牵着走。烟可以不抽，稿子不能不写，这稻粱谋的事任性不得。喝杯白开水，啖两颗带苦心的莲子，继续打字。

人总是喜欢在自己的内心造一些幻影，然后执着在这个幻影上，因幻影起分别心，因幻影产生爱恨情仇。而幻影就是幻影，人因此痛苦和快乐其实都是假象，并且和幻影毫无关系。譬如我热爱朝霞和旭日，与朝霞旭日其实没有任何关系，朝霞旭日不过就是一种幻影。因此，我热爱早晨，但从不执着于早晨。

顷刻的一心不乱，就能回一次心灵的家园。晴朗的早晨，在光明中颂金刚经，在鸟鸣中静坐，完成生命能量的补给，然后出发，驶向新的人生征途。

如常早起，观日出，听鸟鸣，颂金刚般若菠萝蜜经。无有凝神，无有分心，新一天的开篇时光，我处在一种自由自在的状态，仿若一轮冉冉升起的旭日，一片灿烂蓬勃的朝霞。自从开启有烟火无烟草，有烟云无烟毒的日子，我的生命在另一个维度上开始重生，阳光的种子持续发芽生叶开花。

一层秋雨一层凉。虽然暑热尚未走远，但今晨一场像模像样的秋雨，加速了暑热的离去。秋有秋的美好，夏有夏的魅力，我对季节从无分别心，在这个高低不平的尘世间，我保持着清净平等。下就下吧，是秋雨总要下的，不然，你能让它总是悬在空中。

我习惯在旭日和朝霞中参光明禅，不管是晴朗还是阴雨的日子，这样的习惯从不间断。对我来说，旭日和朝霞不仅在晴朗的日子里，她们在阴雨的日子也从未缺席，不过是以一般人不能理解的方式展现。我庆幸自己这一生得以亲近光明禅，无论晴空万里，还是风雨兼程，都不曾偏离上善和爱的方向。

阳光的人，灿烂的心。一轮旭日，照彻长空。大地万物，蓬勃生命。善良的人，慈悲的心。一朵莲花，开在红尘。万千烦恼，菩提根性。吉祥的人，欢喜的心。笑口常开，宠辱不惊。一生一世，平和安稳。

断烟乃是断掉香烟，断的不是人间烟火，世外烟云。解脱了香烟熏心之苦，我将以旭日为火，白云为烟，捧一颗禅心，执一卷山河，吸它个朝气蓬勃，吐出个朝霞满天。

从今往后，旭日就是一颗巨大的汗滴，朝霞变成熊熊火焰，天地的熔炉，将我们百炼成钢。大暑，一年二十四个节气中最赤裸的名字，所有的衣物，对灼烫的肌肤来说都是多余，而我们必须在煎熬中保持礼仪。所谓修炼，就是这样；所谓涅槃，也是如此。没有这一番冶炼，生命不能蝉蜕，痛苦无法摆脱。

心若莲开清风自来

万缘放下，花开见佛。花是莲花，佛是自性佛。朝霞也是一朵花，旭日就是一尊阳光佛，我是谁呢？一念众生，一念佛，我是一个六根不净的凡夫，也是五蕴皆空的圣者，我跟朝霞一起灿烂，也和影子一起阴郁，这就是真相。

眼下我们的一切所为，皆有原因，皆是原

因。请把持好自己的心行，用什么念头播种，必收什么样的果实。譬如，播种旭日朝霞，你收获的就是光明灿烂；播种爱和上善，你得到的一定是上善和爱的回报。一样的因，结出的果是一样的；种下了因，迟早都会结果。早安，诸位，播种微笑吧，你必将因此获得善意和快乐。

旭日依旧升起，大家都还活着。升起的旭日给这个世界带来了光明，而活着的我们，却用无穷无尽的欲望伤害着这个世界。因为欲望，看似安全的我们，实则活在危机之中；看似伤害了世界，实则断送了自己。人是欲望的动物，欲望越多，动物性越强，唯有降伏其心，才能成为一个真正的人。

你是鲜花，引来的是蜜蜂；你是粪便，招惹的是苍蝇。你是什么样的人，你周围的人就是什么样；围着你的是什么人，你一定就是什么人。倘若和你亲近的都是君子，那你肯定不是小人；如果靠近你的都是小人，那你也必定算不上君子。我早起，收藏旭日朝霞，是为了让自己变得阳光，我不希望招惹心灵阴暗的人。